真梨幸子

Yukiko Mari

フジコ

角川書店

目次

マンションM　7
トライアングル　49
キンソクチ　79
イキリョウ　117
チュウオウセン　155
ジンモウ　189
エニシ　225

フシギ

イラストレーション　森山亜希
ブックデザイン　鈴木成一デザイン室

はじめにお断りしておく。

本作品は、私自身が体験、または見聞きした〝不思議〟を、小説として仕上げたものだ。作品に登場する人物名や組織名は基本的に仮名またはイニシャルとし、若干のエフェクトもかけてある。無論、私本人に関しても、エフェクトがかけてある。プライバシー保護のためだ。一部の地名や固有名詞に関しても、特定できないようにあえて架空のものとした。

「あの街ではないか?」

「あの人のことだろう」

「この組織は、あの――」

などと、詮索《せんさく》されるのは自由だが、ほどほどに願いたい。特定したところで、いいことはなにひとつない。むしろ、後悔するだけだ。

前置きはこの辺にして。

では、「フシギ」小説をはじめたいと思う。

第一話は、「マンションM」にまつわる話だ。

マンションM

1

二〇一九年、五月のある日のこと。

「それで、話は変わるのですが――」

向かいに座る女子アナボブの女性が、ティーカップをソーサーに戻した。そして、やおら背筋をぴーんと伸ばした。

来た、来た、来た。

私の背筋もぴーんと伸びる。

港区《みなと》は赤坂《あかさか》にあるビストロ。一人前六千円のコースを堪能《たんのう》し、今まさに、デザートが出されたところだった。

私が頼んだデザートは、スウィーツの盛り合わせ。同じものを頼んだのは、向かいに座る女子アナボブの女性と、その隣のソフトモヒカンの男性。

その隣のヒゲ面の男性だけが、マスカルポーネとなんちゃらのどうのこうのソルベ添えだ。

ぱっと見、このヒゲ面の男が一番偉い人のように見えるが、名刺を見ると、どうも違う。肩書きはなにもない。

肩書きからすると、ソフトモヒカン男がこの中では一番の上司らしい。「部長」とある。

もっとも、「部長」が一番偉いとは限らないのが出版業界。ひとつの部署に、複数人「部長」がいるのもよくあることだ。ある程度年季がはいると、誰も彼も部長に昇格させる……という出版社もある。先日、打ち合わせをしたT社などがまさにそうだが、この出版社はどうだろうか？

株式会社ヨドバシ書店。

量販店のヨドバシカメラと似た名前だが、まったくの別物。偶然、この名前になったのだという。偶然というより、必然か。ヨドバシカメラは、新宿《しんじゅく》の〝淀橋《よどばし》〟にあったところから、この名前になった。ヨドバシ書店も新宿の〝淀橋〟がルーツで、地名をとってこの名前になったらしい。

創業は大正十五年。関東大震災後、貸本屋として淀橋に開業したのがそのはじまりだという。戦時中は一度店を畳むが、戦後、ミステリー専門の出版社として再出発、昭和五十年代はヨドバシミステリー文庫が軒並みミリオンを叩《たた》き出し、大ブームとなる。平成に入ってからは出版不況の煽《あお》りをくらい倒産の危機にも見舞われたが、ケータイ小説で不死鳥のように蘇《よみがえ》る。そしてここ数年は新書ブームに乗り、数々のスマッシュヒットを送り出している。新しいところでは、『霊感ダイエット体操』のヒットだろうか。不滅コンテンツのオカルトとダイエット、そしてブームの筋トレを組み合わせたような内容で、いかにもあざといし、なによりタイトルがひどく馬鹿馬鹿しいのだが、そのバカバカしさがかえって受け、今もランキングの上位に鎮座している。何を隠そう、私も勢いでそれを買った口だ。

とはいえ、自分とは無縁の出版社だと思っていた。

事実、デビューして二十四年、ヨドバシ書店からお呼びがかかったことはない。

きっとこのまま、無縁なのだろうな……と、書棚の『霊感ダイエット体操』を眺めているときだった、メールが届いた。デビュー時から付き合いがあるK社からで、ヨドバシ書店の編集部から問い合わせが来ているが、メールアドレスを教えてもいいか？　というような内容だった。

本来ならば、「お断り」するところだった。今、ありがたいことに仕事の依頼を数多《あまた》いただいている。二年先まで予定がつまっていて、ひとつひとつのクオリティーを考えると、これ以上、仕事を入れるわけにはいかない。

それに、新規の出版社となると、マイナンバーの書類を提出したり、入金口座を指定したりと、なにかと煩雑な事務作業が発生する。これがまた一苦労なのだ。だから、ここ数年、新規の取引はすべてお断りしてきた。

が、『霊感ダイエット体操』なるものを発売したヨドバシ書店とは、いったいどういう出版社なのか？　という興味はあった。

それ以上に、ヨドバシミステリー文庫には、中学、高校時代に大いにお世話になった。今の自分があるのも、ヨドバシミステリー文庫のおかげだと言ってもいい。いわば、恩人のような存在だ。そんな恩人を、「お断りします」と、無下《むげ》にしてもいいのだろうか？　そんな思いもあって、つい、

「メールアドレス、先方にお伝えください」

と、私は返信してしまったのだった。断るにしても、自分から直接断るのが筋だろう……と。

その日の深夜、ヨドバシ書店の『尾上《おがみ》まひる』という編集者からメールが来た。

『はじめまして。……高校時代、図書館にあった先生の作品を読んで以来、先生の大ファンです。先生の作品は、デビュー作から、最新作まで、すべて読んでいます。……一度、お会いしたいと

思っていますが、ご予定はいかがでしょうか』

この時点では、私は断る気満々だった。

さて、なんと言って断ろう……と考えながらメールをスクロールしているときだった。

『ぜひ、聞いてもらいたいお話があるのです。……八王子《はちおうじ》にある、マンションMの話です』

マンションM？

スクロールする指が止まった。

マンションM、忘れもしない。私が、上京して最初に住んだマンションだ。

……マンションといっても名ばかりで、四階建ての小さな雑居ビルだ。一階と二階がテナントで、そして三階、四階に賃貸住宅が入っていた。賃貸住宅はワンフロアに四戸、合計八戸だったと記憶している。私は四階の１Ｋの部屋を借りていて、最上階だと喜んだのは最初だけ、エレベーターがないビルだったため階段の上り下りで毎日がひどく難儀だった。それでも四年間住んだのだから、我ながら大したものだ。あんなことがあったというのに。

そう、私はその部屋で、幾たびか不思議な体験をしている。どれも忘れがたい体験で、小説家になる前から、怖い体験談として飲み会で披露したり、ブログに書いたりしてきた。小説家になったあとも、そのマンションMを舞台にいくつかの小説を書いた。先月もエッセイに盛り込んだばかりだった。そういう意味では、今もお世話になっているマンションである。

『実は、そのマンションMに、私も学生の頃、住んでいたのです。先生のエッセイを読んで、すぐに分かりました。あ、あのマンションだって。私が住んでいた部屋は、四〇一号室です』

四〇一号室！

まさに、私が住んでいたあの部屋だ。あの部屋で、私は——

『そう、私もあの部屋で、金縛りに遭《あ》ってしまったのです』

背筋を冷たいものが流れた。動悸《どうき》も乱れる。私は、小さな混乱に陥った。

時間もよくなかった。いわゆる丑三《うしみ》つ時。

あのときと同じだ。あのときも、こんな時間帯に、あれに遭遇したのだ。

それが再現されるような気がして、私は咄嗟《とっさ》にキーボードに指を置いた。

そして、

『分かりました。一度、お会いしましょう。ご都合のいい日をいくつか、ピックアップしてください』

と、私は迂闊《うかつ》にも、そんな返事を送ってしまったのだった。


そして、今日。

先方が指定してきたのは、私の自宅近くのビストロで、よくランチで利用する場所だった。が、さすがに六千円のコースを注文したのは今回がはじめてだ。いつもなら、千六百円のランチセットだ。

今日もそれでいいと思ったのだが、先方が六千円のコースを注文してしまった。しかも、ワインまで。私は酒を飲まないが、健康のため、ここ数年は一日一杯、薬代わりにワインを飲んでいる。そんなことを言ったわけではないが、気がつけば、私の前にはグラスワインが。

ここまで周到だと、ますます断りづらい。六千円のコースを食べて、ワインまで飲んでおきながら、「仕事は請けられません」と断ることなど、私にはできない。根っからの小心者なのだ。

だから、食事の最中、私はどうでもいいくだらない話をしまくった。先方が仕事の話をしようとすると、すぐさまフェンスを張り巡らし、昨日見たドラマの話やら、占いの話やら、人類滅亡の話やら、もうまさにジャンクのような話題を花咲爺《はなさかじい》さんよろしく盛大に撒《ま》き散らした。そうやって煙《けむ》に巻いて忍者のように退散できないだろうか……？

が、やはり、そんな虫のいい話はない。

「それで、話は変わるのですが——」

向かいに座る女子アナボブの女性——尾上さんが、ティーカップをソーサーに戻した。そして、やおら背筋をぴーんと伸ばした。

来た、来た、来た。

私の背筋もぴーんと伸びる。

きっと、仕事の話だ。……原稿依頼の話だ。はてさて、どう断ろう？　と、肩に力を入れたところで、

「マンションMの話なんですが——」

えっ？　そっち？

私は肩透かしを食った。が、ここで油断してはならない。私は、再び、肩に力を入れた。

「ああ、八王子のマンションM。尾上さんも住んでいたとか？」

私は、慎重に話に乗った。

「そうなんです。大学入学のために上京して、はじめて一人暮らしした部屋がまさにマンション

Mでした。……借りたのは、十四年前のことです」

十四年前に大学入学となると、今、三十二歳ぐらい？　計算は苦手だが、女性の歳《とし》に関する計算は、なぜか速い。

ふーん。三十二歳か。歳相応か。私は、改めて、尾上さんの顔を見た。

今風の女子アナボブ、そのさらさらヘアは縮毛矯正した結果だろう。もとは、くせ毛だったに違いない。前髪の生え際に、一部、変なクセがある。メイクは、薄め。が、よく見ると、眉毛《まゆげ》を丹念に描き込んでいる。睫毛《まつげ》にはエクステが施されており、耳たぶにはさりげなく、シャネルのピアス。なるほど、素朴さを装いながら、実は結構なお金をかけていると見た。

白いカットソーだって、一見、そこらで売っていそうな定番の型だが、よく見るとバーバリー。襟ぐりからちらちら見えるネックレスはノーブランドのようだが、トップは小さなダイヤモンド。安物ではないだろう。

その爪だって、ただごとではない。いかにもというようなネイルアートではないが、かなり手の込んだ装飾が施されている。これを維持するには、それ相応の出費を伴う。

そのすべすべの肌だって。

サロンに足繁く通わないと手に入らないクオリティーだ。

テーブルに隠れて今は分からないが、下半身だって、見事だ。とろみフレアスカートに、ラメ入りストッキング、そしてトッズのローヒール。

いわゆる、頭のテッペンから足の爪先《つまさき》まで、完璧《かんぺき》なお嬢様ファッション。

きっと、大学もいいところを出ているのだろう。そして卒業後は、老舗《しにせ》出版社に就職して……。

まさに、生まれながらの勝ち組だ。私とは大違いだ。今でこそ、赤坂のタワーマンションに住む身だが、デビュー前はひどかった。特に学生時代は超がつく貧乏人。もやし炒《いた》めがご馳走《ちそう》という、絵に描いたような苦学生だった。

なのに、私と同じ部屋に住んでいた？

あの、部屋に？

小首を傾《かし》げながら、私は訊《き》いた。

「ということは、二〇〇五年頃からあの部屋を借りていたの？」

「あ、はい。そうです」

私がその部屋を借りたのが、一九八三年。その時点で、確か築四年だったから……。

「私が借りたときは、築二十六年でした。ちょっと古いかな……とは思ったんですが、お風呂《ふろ》もついていたし、お家賃は安いし、リフォームもしたばかりだというので、決めたんです。……あ、そうだ。そのときのチラシ、もってきたんですよ」

尾上さんは、足元の籠《かご》からショルダーバッグを引き上げると、その中から一枚の紙を取り出した。……ちなみに、バッグは、女性編集者御用達《ごようたし》のセリーヌ。

「なにしろ、初めての一人暮らしだったもので、当時のものはなんでもかんでもとってあるんです」

言いながら、尾上さんが、その紙を私に差し出した。

不動産屋に行くと貼ってある、例の物件案内のチラシだ。

外観と間取り図と、そして物件の詳細が書き込まれている。

『4階、1K、18・11平米、東京都八王子市牛頭町《ごずちょう》7―×、八王子駅からバスで5分』

部屋の写真は今時のフローリング仕様だが、ああ、この外観。そうだ、これだ。間違いない、マンションM。

こうやって写真で見ると、ちゃんとした「マンション」の風格だ。煉瓦《れんが》造りのおしゃれなデザイン。この外観に騙《だま》されて、借りたんだっけ……。あれ？

「管理費込みで、二万八千円？」

その家賃を見て、私はちょっと驚いた。私のときは、確か、管理費込みで三万円。それでも安かったのだが、それ以上に安くなっている。ま、築年数が経《た》っているから、家賃も下がるんだろうけど、それにしたって。物価の上昇をまったく考慮していない。

私が住んでいたときは畳に土壁、そして収納も昔ながらの押し入れだった。が、今は。写真で見る限り今風にリフォームされていて、おしゃれで綺麗《きれい》だ。なのに、私のときより、安いなんて……。

「今は、もっと安くなっているようですよ」

「え？」

「昨日、不動産サイトで調べたら、たまたま空きの部屋があって。同じ四〇一号室が管理費込み二万七千円で出てました」

「八王子の相場って、そんなものなの？」

「いいえ、たぶん、相場より少し安いと思います。私もそこに惹《ひ》かれて、内見もせずに決めちゃいましたから」

「え？」

私と同じだ。私も、内見せずに決めた。

初めての一人暮らし、どこにするとも特に決めず、たまたま降り立った新宿で最初に目にした不動産会社に飛び込み、予算（家賃三万円以内）と条件（風呂付き、給湯、そして、住所が東京）を伝えたら、「もう、ここしかないですね」と、一枚のチラシを見せられたのだった。

外観写真は悪くなかった。なにしろ煉瓦造りの四階建て。建物の前には、イチョウ並木まで。まるで、ヨーロッパの街のような雰囲気。でも、北向きというのが気になった。部屋が暗いのは、ちょっといやだ。が、

「すぐに決めないと。他にも問い合わせが来ているんですよ」

と、不動産屋が急《せ》かしてくる。

「一度、中を見てみたいんですが」

言ってはみたが、

「うーん」と不動産屋は渋った。

「内見したいなら、自分だけで行ってください。でも、もたもたしている間に、他の人に決まっちゃうかもしれませんが」

そんなことを言うものだから、八王子がどこにあるのかも知らないまま、私は決断したのだった。

「ここに決めます」

……私は、そんなことを、先月エッセイに書いたばかりだった。〝東京〟という住所にこだわ

ったばかりに、とんでもなく都心から遠い場所に部屋を借りることになった……と。学校は川崎《かわさき》方面にあるにも拘《かか》わらず。通学がどれほど大変だったか……と。

「私の場合は、大学が八王子にありましたので、その点は、問題なかったんですが」

尾上さんが、苦い笑みを浮かべた。

「でも、内見しておけばよかったと、つくづく思いました。チラシだけで決めてはダメだよな……と」

「どの辺が、ダメだったの？　北向きだったところ？」

「あ、それは、気になりませんでした。北向きといっても、窓を開ければ広い道路。開放感はありましたから。それに、どうせ寝に帰るだけですから、日当たりはあまり気になりませんでした」

私も同じ感想を持った。北向きではあったが、案外、部屋は明るかったのだ。尾上さんが言う通り、窓の下は片側二車線の国道。視界を遮る建物がないせいか、想像以上に明るく感じた。

「北向きは全然問題なかったんですけど」尾上さんが、ふぅぅと小さくため息をついた。「……契約して鍵《かぎ》をもらって、初めてドアを開けたときです。……なんか、変な臭いがしたんですよね」

「変な臭い？」

「なんていうか。……体臭のような。もやしが腐ったときの臭いというか。いわゆる、加齢臭ってやつです」そのときのことを思い出したのか、尾上さんは、ナプキンで鼻と口を覆った。

「加齢臭……？」

「たぶん、前の住人、おじさんだったんじゃないかと。煙草の臭いもしましたからね」

「ああ、私のときもそうだった」

「加齢臭がしたんですか?」

「ううん、煙草の臭い。これが凄《すご》かった。でも、母がヘビースモーカーだったもんで、当時の私は煙草の臭いには案外、鈍感で。でも、遊びに来た友人に、『煙草の臭い、凄いね。煙草吸ってるの?』って言われちゃってね、それから気になって気になって。……私が煙草嫌いになったのは、それが原因かも、今思えば」

「煙草の臭いだけだったら、我慢できたんだと思うんですが、とにかく、加齢臭が……。ドアを開けた途端、うわーってなって、すぐにドアを閉めて、消臭剤と芳香剤を買いに走りましたっけ。それでも足りなくて、空気清浄機も買っちゃいました」

「空気清浄機まで?」

「はい。でも、あまり効果がありませんでしたね。結局、それが原因で、私、半年もいなかったんです、その部屋には」

「臭いが原因で、引っ越し?」

「臭いだけではありません。もうひとつ、あります」

尾上さんが、小さく深呼吸した。

「メールでもお伝えしましたが、金縛りに遭ったんです、私」

「金縛り……」

「先生も、あの部屋で金縛りに遭ったんですよね? エッセイにはそんなことが」

「え? ……というか」

「ベッドで寝ているときに、金縛りに」

「寝ているときというか。ベッドに横になってすぐのことだから、実際には起きているときだったんだけど……」

「私も、同じです。ベッドに横になった途端、それがやってきたんです」

「それ？」

「ちなみに、私はここにベッドを置いていました」

尾上さんが、チラシに描かれた間取り図に指を置いた。そこは、北向きの窓の横だった。

「北枕を避けて、頭が西にくるように、窓に沿ってベッドを置いていました」

私とまったく同じだ。……というか、狭い部屋だ。柱を避けて、北枕にならないようにするには、こう置くしかない。

「あの夜の恐怖ときたら。今こうして話しているだけで、冷や汗がでるほどです」

尾上さんは、ナプキンで口元を拭《ぬぐ》うと、覚悟を決めたかのように、話をはじめた。

「そう、あれは十四年前。大学にも部屋にも馴染《なじ》めないまま、ゴールデンウィークが来てしまいました。でも、私はあえて帰省はせずに、アルバイト三昧《ざんまい》。それがいけなかったのか、ゴールデンウィークが過ぎても、なんとなく怠《だる》い日々が続いていたんです――」

＋

五月病になりかけていた私は、友人の家に泊まりにいきました。その友人は実家に住んでおり、お母さんの手料理がとても美味《おい》しくて、居心地も抜群で、ついつい長居をしてしまいました。金曜日にお邪魔して、気がつけば日曜日の夜。さすがにこれ以上はお邪魔できない、なにしろ明日《あした》は授業がある。後ろ髪をひかれる思いで、私は八王子の自宅に戻ることにしました。

終電で帰りましたので、自宅のドアを開ける頃には、もう零時は過ぎていたと思います。一時とか、二時とか。そんな深い時間でした。

友人の家であんなに羽を伸ばしたというのに、私はとても疲れていました。お風呂に入る気力もなく、部屋着に着替えるのがやっと。倒れ込むように、仰向《あおむ》けでベッドに横たわりました。

あ、電気がつけっぱなしだ、消さなくちゃ。

スイッチはすぐそこにあります。でも、ひどく体が重たくて、手を伸ばすのも億劫《おっくう》で。

まあ、つけっぱなしでもいいか、今日ぐらいは。

でも、電気が煌々《こうこう》とついているせいか、なかなか眠れそうになくて。

電気を消そうか、そのままにしておこうか。

そんなことを迷っていると、すぐ横の窓ガラスに何かがあたる音がしました。

あ、雨が降ってきたな……と思った瞬間です。

私の視界が暗転しました。

目を開けていたはずなのに。電気もつけっぱなしにしていたはずなのに。

なにも見えないんです。

え？　え？　え？

手を動かそうとしてみるも、動かず。足をばたつかせようともしましたが、やはり、動かず。

まさか。
これが、金縛りというやつか？
そのときまでは、私はまだ冷静でした。金縛りというのは、脳は起きていて体が眠っているときに起きると言われている。ならば、このまま脳も睡眠に入るか、はたまた、体が覚醒《かくせい》するのを待つか。
そんなことを考える余裕すらありました。

ざりざりざり……。

本降りになったのか、窓に当たる雨音が耳障りな程、強くなっていきます。

ざりざりざりざりざり……。

あれ？　でも。さっきまで星空だったのに。テレビの天気予報でも、東京は晴れだって。天気の崩れはないって。
でも、ここは八王子。天気予報の対象になっている〝東京〟からは、かなり距離がある。ほぼ、山梨県だ。気温だって、都心とは全然違う。だから、〝東京〟が晴れでも、ここでは雨……なんてことは珍しくない。

ざりざりざりざりざり……。

うん？　これって、本当に雨の音？　今まで、こんな音、したことあったっけ？　この部屋に来てから、何度か雨の日があったけど。……こんな音だったたっけ？

ざりざりざりざりざりざり……。


私は、耳を澄ましました。

金縛り中でしたが、不思議と五感は鋭くなっていました。特に聴覚は。


ざりざりざりざりざりざりざりざりざりざりざりざり……。


違う。これは、雨ではない。

これは、窓ガラスに、なにか尖《とが》ったものをなすり付けている音だ。

そう、たとえば、爪。ガラスに爪を立てている音だ。

え？　どういうこと？

私は、さらに耳を澄ましました。

ざりざりざり……という音に交じって、うぅうぅうぅうぅうぅ……という唸《うな》り声も聞こえてきたからです。

なに？　野良猫？　迷い犬？　それとも、狸《たぬき》とか？

狸が出るという噂《うわさ》を、バイト先で聞いたばかりでした。野良《の ら》猫も多く、ゴミ置き場がよく荒らされていました。迷い犬もしょっちゅう出没していました。

いずれにしても、なにか動物のようでした。

動物が、窓ガラスに爪を立てているようでした。唸りながら。

しかも、窓を開けようとしている？

と、思った瞬間でした。

冷たい風が頬を通り過ぎました。

そう、窓が開いたのです。

そのとき、金縛り中の私は仰向けのまま、頭も動かすことができない状態でしたが、窓が開いたのは気配で分かりました。

体中から汗が吹き出しました。

どうしよう、どうしよう、窓からなにかがやってくる！

そう、なにかが、窓から忍び込んできたのです。

毛むくじゃらのなにかでした。

野良猫？

迷い犬？

狸？

それとも、他のなにか？

いや、いや、いや、いや……！

毛むくじゃらが、私の体を這《は》っている！

マジで、信じられない！

その毛むくじゃらを追い払いたくても、体はまったく動かない。

どうしよう？　こういうときは、どこに助けを求めればいいの？　保健所？　警察？　それとも大家さん？

頭の中は大パニックでしたが、とにかく体が動かない。その毛むくじゃらにされるがまま。

そう、そのときまで、毛むくじゃらのなにかは、リアルな動物だと思っていたんです。それもかなりヤバい状態です。

嚙《か》まれたらどうしよう……、変な病気をうつされたらどうしよう……って。

助けて、助けて！

声を出そうにも出ません。

そのときです。私はようやく気がついたのです。

え？

ちょっと待って。

ここは最上階。四階だよ？

そんなところに、なんで、動物が？

どうやって、ここまで来たの？

……っていうか。

どうやって、窓を開けたの？

だって、窓、嵌《は》め殺しだよ？

＋

「嵌め殺しの窓だったの？　いわゆる、開閉できないフィックス《固定》窓？」

　マスカルポーネとなんちゃらのどうのこうのソルベ添えを頼んだヒゲ面の男が、どうでもいいようなことを言って、話の腰を折った。

「嵌め殺しといっても下の部分だけで、上のほうは空気を入れるために開閉することができた。でも、ちょっとしか開かないから、猫も犬も、たぶん狸も、入ることはできないと思う」

　私が答えると、尾上さんが「その通りです」というように、頷《うなず》いた。そして、

「手摺《てす》りもないような窓で、すぐ下は、大通り。それで、嵌め殺しにしたんだと思います。下手に開いちゃったら、下に真っ逆さまですから」

「じゃ、猫とか犬とか、ましてや狸がのぼってこられるような位置ではなかったんだね？」

　ソフトモヒカンの男が、顔をひきつらせながら言った。

「はい。そうです。リアルな動物は無理です」

「じゃ、その毛むくじゃらは……」

　ヒゲ面の男が、どこか楽しそうに言った。「もしかして、この世のものではないナニか？」

　しかし、尾上さんは、その問いには答えなかった。

その代わり、

「その毛むくじゃらに、私、肩を噛まれたんです。左肩を。……ほんと、あのときの激痛ときたら。死ぬかと思いました。が、そのとき――」

＋

黒電話のベルが鳴ったんです。

携帯の着信音です。レトロな感じが好きなので、黒電話のベルに設定してあるんですが。

でも、夜中にあの音を聞くと、びくっとしますよね。

だから、そのときも、びくっと体が反応したんです。

それを合図に、みるみる、金縛りがとけていきました。

暗転していた視界も、ぱっと明るくなって。

まさに、映画とか芝居が終わって、会場が明るくなるような感じです。

私は、恐る恐る、左肩を見てみました。

が、特に、なにもない。

窓のほうを見てみるも、やはり、特に変わったことはない。……そう、窓は開いていませんでした。

でも、左肩の痛みだけは残っていて。

呆然《ぼうぜん》としている間にも、着信音は鳴り続けます。

私はゆっくりと体を起こすと、トートバッグの中に入れっぱなしにしてあった携帯を引っ張りだしました。

母からでした。

こんな時間にかかってくるなんて。

「もしもし?」

私は、いまだ放心状態で、電話に出ました。

「ああ、よかった」

母の声がしました。

え? よかった……って?

「うん、今ね、変な夢を見たから、ちょっと心配になって」

変な夢?

「ううん、気にしないで。……なにか、変わったこと、あった?」

あった。まさに、今さっき、金縛りに遭って、毛むくじゃらのなにかに左肩を噛まれた。

でも、私はそれについては、話しませんでした。

どうしてか、話す気にはなれませんでした。

「特に」

私がぶっきらぼうに言うと、

「そう」

と、母は、小さく返しました。

母は何かに気がついている様子でしたが、それ以上、詮索《せんさく》することはありませんでした。

「じゃ、こんな夜に、ごめんね」

そして、電話は切れました。

その途端、涙が溢《あふ》れました。

母の声を聞いて安心したのか、それとも肩の痛みのせいか、私の涙は止まりませんでした。

＋

「つまり、お母さんの電話に助けられたってこと？」

ソフトモヒカンの男が、コーヒーを啜《すす》りながら言った。

「そうなりますね。結果的には」

尾上さんも、コーヒーを啜りながら言った。

「お母さん、尾上さんが金縛りに遭っていたことを、夢で知ったのかな？」

「……さあ」

「それについて聞いたことはないの？」

「はい、結局、聞くことはできませんでした」

「そうか……。残念だったな……」

そのやり取りが少し妙だったので、私は質問してみた。

「尾上さんのお母さんは、どちらに？」

すると、

「亡くなったんですよ」

と、ヒゲ面の男が言った。「半年前に」

「亡くなった……？」

一瞬、空気が淀《よど》む。

「それにしても」

淀んだ空気を変えようとでもいうのか、ソフトモヒカン男が、わざとらしく手を叩いた。

「その八王子の物件、案外、運勢が上がる部屋なのかもしれませんね」

「え？」どういうこと？　私は身を乗り出した。

「だって、そこに住んでおられた先生は今や超売れっ子。赤坂の高級タワーマンションに住んでおられる。そして尾上も、今は目黒《めぐろ》区のマンション。そして、仕事でも大活躍。ヒット作を連発しています。『霊感ダイエット体操』も、尾上が企画したんですよ。今や、我が社のエースです」

ヒゲ面の男が、「よっ、エース」などと、品のない間《あい》の手を入れる。そして、

「そういえば、聞いたことがあるぞ。幽霊が出るような部屋とか、事件が起きた部屋……いわゆる事故物件に住むと、運勢が上がる場合があるって」

「そんな話、聞いたことない」私は、乗り出した身を引いた。「事実、私がその部屋に住んでいたのは、大昔のこと。その部屋に住んでいたときも、出たあとも、いいことはなかった。だから、そのマンションMと今の私は関係ないと思う」

言ってはみたが、尾上さんの表情が少し暗くなったので、

「……でも、尾上さんの場合は、関係あるかもしれないけどね」

と、付け加えた。さらに、

「その部屋に住んでいた人がその後、どうなったのか調べてみるっていうのも、面白いかも」

などと、つい、口を滑らせてしまった。

尾上さんの目が輝いた。

「まさに、それです。私がご提案しようと思ったのは」

「え？」

「先生。マンションMのあの部屋に住んでいた人たちがどうなったか、調べてみませんか？　そして、それを小説にしませんか？」

「えぇぇ」

「もちろん、リサーチは私がやります。先生は、その調査報告をもとにして、小説にしていただければ」

「えぇぇぇ」

「事故物件サイトってご存じですか？　事故物件を地図で紹介している個人サイトなんですが。そこで検索してみたら、マンションMが凄いことになっていたんです。炎が五つも！　あ、炎というのは、事故があった物件につくアイコンでして。ひとつのビルに、あんな小さなビルに、炎が五つなんて、尋常ではありません。きっと、あのマンション、なにかあるんですよ。いわくがあるんですよ。先生と私が金縛りに遭ったのも、それが原因かも。……これをネタに、小説をお書きになりませんか？」

「えぇぇぇぇ」

「大丈夫です。私には、凄い味方がいますから！　どんな霊障だって、蹴散《けち》らしてくれます！　きっと、上手《うま》くいきます」

2

結局、私はその場では「保留」とした。

はっきりと断らなかったのは、もちろん小心者だからだ。が、理由はもうひとつある。

尾上さんという人物に、興味を持ったからだ。

なんと表現すればいいのだろう。なにか違和感があった。具体的にどこ……とは言えないのだが、その違和感は私の好奇心を大いに刺激したのだった。違和感の正体を見極めたくて、彼女を瞬《まばた》きもせずにじっと見つめてしまったほどだ。きっと、尾上さんのほうでもそんな私に違和感を覚えたことだろう。

家に帰っても、私は尾上さんのことが気になって仕方なかった。

それで、試しに、尾上さんのフルネームをネットで検索してみた。

ヒットした。

それは、古いブログだった。二〇〇五年の四月からはじまって、二〇〇五年の九月で更新が止まっている。

そのプロフィールを見ると、尾上さん本人で間違いないようだった。たぶん、学生時代に、面白半分でブログを立ち上げたのだろう。しかも、本名で。そして、半年もしないうちに、放置。本人も忘れているかもしれない。

が、こうやって、私のような好奇心旺盛《おうせい》な人物によって、発掘されてしまう。

デジタルタトゥーとは、よく言ったものだ。

私の若い頃に、ネットなんてなくてよかったと、つくづく思う。あの当時、ネットがあったら、迂闊な私のことだ、あとで大後悔するようなことをあれこれとアップしていたことだろう。くわばら、くわばら。

尾上さんも、割と明け透けに、ブログにいろいろと書いていた。恋愛のこととか、人間関係の愚痴とか、特定の人の悪口とか。本名でよくここまで書けるな……と心配になるような内容ばかりだ。

特に、家族に関しては辛辣《しんらつ》だった。

どうも、家族とうまくいっていないようだった。大学進学も反対されて、家出同然で、上京してきたとも書いてある。

なるほど、それで、相場より安いあのマンションを選んだわけか。

私も、学生時代は仕送り一切なし、奨学金とバイトでなんとか賄っていた。同じような境遇に、親近感を抱く。

「尾上さん、今は、身だしなみにお金を使える身となったが、かつては苦学生だったんだな」

……事実、ブログにアップされた自撮りのアイコンは、どこか野暮《やぼ》ったい。くせ毛の激しい髪はそのまま伸び放題、おじさんの老眼鏡のような眼鏡《めがね》に、オタク男が着るようなチェック柄のネルシャツ。

ますます、親近感が増す。

ニヤニヤしながらマウスのスクロールボタンを押していると、『金縛り』という文字が目に入った。

あ、これだ。

私は、スクロールする指を止めた。

＋

……実は、金縛りに遭っちゃいました。先月のことなんですが。

マジ、怖かった。死ぬかと思った。

だって、なんだかよく分からない毛むくじゃらが部屋に入ってきて、私の左肩を噛んだんです！　食い殺される……と思った瞬間、携帯の着信音が。それのおかげで、金縛りもとけて、毛むくじゃらもいなくなったんですが。

ちなみに、電話は、母からでした。

縁を切ったはずの母からでした。

私の夢を見たから、心配になって電話をしてきたって。

そのときは、なんかちょっとホロリとしちゃったんですが。

でも、よくよく考えたら、なにか、おかしいな……と。

だって、タイミングがあまりによすぎる。

なんで、母は、私が金縛りに遭っているその最中に電話をかけてきたのか？

私の夢を見たから？

嘘《うそ》です。

私をあんなに毛嫌いしていた母が、私を何度も捨てようとした母が、私の夢を見るはずがありません。ましてや心配するはずもないんです。

なのに、なんで？

私は、悶々《もんもん》と悩みました。

そして、先週。友人のAちゃんの家に遊びに行ったときのことです。ちなみに、Aちゃんとは、バイト先で知り合いました。私と同い歳ですが、とてもしっかりしていて、お姉さんのようです。Aちゃんは実家暮らし、料理上手なお母さんと、優しいサラリーマンのお父さん、そして優等生の弟。羨《うらや》ましいぐらい、温かで、フツーの家庭です。居心地がよくて、しょっちゅう、お邪魔しています。

といってもおじさんが出張でいないときだけ。だって、さすがに、家族団欒《だんらん》のときにお邪魔するのは悪いので。おばさんは、いつでもいらっしゃい……って言ってくれるんですが。で、先週、その友人のお宅にお邪魔したときです。おばさんが言いました。

「ね、最近、なにかあった？」って。

おばさん、実は、みえる人なんです。

そう、霊感があるんです。はじめは信じていなかったけど、私の過去やいろんな悩みをズバリ言い当てられて、最近ではすっかり信じています。

そのおばさん、いわく。

「あなたの後ろ……左肩に、モヤモヤした黒いものが見える。よくないもの。一刻も早く、取り除いたほうがいい」

そんなことを言われても……。

「いったい、なにが憑《つ》いているんですか？」

「犬よ。犬」

「犬？」

「そう。俗に、〝犬神《いぬがみ》〟と言われるもので……」

「犬神……」

「一応、私にできる範囲で、お祓《はら》いはしてみるけど」

「犬神が、私に憑いているんですか？」

「そう。こんな感じの犬神よ」

おばさんは紙に、私の左肩に憑いているというそれを描いてくれました。

それを見て、私は愕然《がくぜん》としました。

「典型的な、犬神。……でも、なんでこんなものが、あなたに憑いているのかしら？」

おばさんは、言葉を濁しました。

「とにかく、よくないものよ。取り除いたほうがいい」

「どうやって？」

「うーん」

おばさんが、厳しい顔をしました。

「これに一度取り憑かれたら、完全に落とすのは難しい。……でも、封印することはできないでもない」

そして、おばさんは、私に紫色の数珠《じゅず》をくれたのでした。

＋

「あ」

私は、はたと思い当たった。

そうか。尾上さんに覚えた違和感。それは、あの数珠だ！

頭のテッペンから足の爪先まで、洗練されたブランドで統一していたのに、左手首だけが違った。そこには、紫色の数珠。いわゆるパワーストーンの数珠だ。

なるほど、あれは、犬神を封印するためのものか。

って、犬神ってなんだ？

『犬神家の一族』なら知っているが。

私は、早速、ネットで検索してみた。

すると、「蠱毒《こどく》」の一種だという記事を見つけた。

「蠱毒」とは、古代から続く呪術《じゅじゅつ》のひとつで、簡単にいえば、動物を共食いなど残酷な方法で殺して悪霊とし、それを使役して政敵や憎い人物を呪い殺すことをいう。

犠牲になる動物は、虫であったり、爬虫類《はちゅうるい》であったり、哺乳類《ほにゅうるい》であったりするが、日本では「犬」を犠牲にして、その霊を使役する「犬神」が有名。


なんとも恐ろしい呪術だ。

動物の怨念《おんねん》を使って、憎い相手を呪い殺す。

つまり、尾上さんは、呪詛《じゅそ》の対象になったということだろうか？

＋

私に犬神を飛ばしたのは、いったい誰？

私の頭に浮かんだのは、母でした。

おばさんが描いてくれた絵がヒントでした。

それは、「犬」とは呼べないひょろ長い生き物で、一見、木の根っこのようにも見えます。根っこに、顔と手足がついているというか。根っこのおばけというか。

こんな感じの絵を、見たことがあります。

実家の近くにあった、小さな祠《ほこら》。その中にあるお厨子《ずし》が、開いていたことがありました。私がまだ小さい頃です。好奇心に駆られて覗《のぞ》いてみました。

そこに納められていたのが、まさに、根っこのおばけのような絵だったのです。

その日の夜、高熱を出したことをよく覚えています。母もその頃は優しくて、必死に看病してくれました。そのおかげで、二日後には熱は下がったのですが……。でも、その後、母の様子がなにか変わったなと思いました。

別人になったように感じられたのです。

そして、その数ヶ月後、妹が生まれました。

妹を身ごもったことで、母は〝別人〟になったのだろうか？

それまでは、そう思っていたのですが。

今思えば、あの絵と関係しているのかもしれません。あのお厨子の中に納められていたあの絵。母が、熱心に手を合わせていたのを何度か見たことがあります。

もしかして、母は、犬神を使役していたんでは？

そして、私を呪い殺そうとした？

でも、なぜ？　今は実家を離れ、縁も切ったような状態なのに。そう、あちらから見れば、私は死んだも同然なのに。

〝同然〟ではなくて、本当に私を殺したかったのか？

その答えが届いたのは、先日のことです。

ある保険会社からです。

母を受取人に、五千万円の生命保険に加入したことを知らせる書類でした。

こんなの、全然知らない。

そうか、母が、私になりすまして勝手に加入したんだ。自分を受取人にして。

つまり、私が死ねば、母は五千万円を手に入れることができるのです。

鳥肌が立ちました。

母は、犬神を飛ばして、私を殺そうとしている。

私は、Aちゃんのお母さんにすぐさま、電話しました。すると、

「今すぐ、そこを引っ越しなさい。そして、母親と完全に縁を切りなさい」

そして、

「なにかあったときのために、証拠を残しておくのもいいわね。たとえば、ネットに、それまでの経緯《いきさつ》を残しておくの。そしたら、あっち……つまり犬神も警戒するわ。だって、あなたになにかあったら、その存在を知られるもの。犬神は、その存在を知られるのを一番嫌がるのよ。だから、なにか証拠を残しなさい」

そんなアドバイスもあり、私は、このブログに一連のことを書き記すことにしました。

おばさんが言うには、このブログがある限り、犬神は悪さしないだろう……と。むしろ、私の助けになってくれるだろう……と。強力な味方になってくれるだろう……と。

そう、犬神は取り憑いた人を呪い殺すだけではなくて、「願望」を成就させる効果もあるんだとか。だから、昔の人は、あえて犬神を作っては、自分に憑かせて、〝味方〟にしたんだとか。

本当でしょうか？

私の願望は、マスコミに就職することです。できれば、出版関係。年収は、三十代で一千万円を超えればいいな。そして港区か目黒区に住んで、ブランドの服を着て、バリバリ働くことです。

+

尾上さんの願望は、叶《かな》ったことになる。

年収はいくらか知らないが、まあ、ヒット作を連発しているということだから、そこそこ高額だろう。

それにしてもだ。

犬神。

これって、本当なのだろうか？

まあ、そういうこともあるのかもしれない。古代から現在まで、呪詛の風習が延々と続くのは、なにかしら効果があるからだろう。

だとしても、マンションMとはまったく関係ない話だ。

尾上さんは、自分が金縛りに遭ったのは、マンションMになにかしらの因縁があるからではないか……と言っていたが。だから、事故物件サイトにも炎が五つもついているんじゃないか……と。マンションMには、霊的ななにかがあるんじゃないか……と。

いや、違う。

尾上さんの金縛りはさておき、事故物件サイトに炎が五つもついている理由は、他にある。

マンションMに事故物件が多いのは、それは、オーナーのせいだ。

あそこのオーナーは、反社会的勢力の人間だ。尾上さんはすぐに引っ越したようだから知らなかったかもしれないが。

　私がそれを知ったのは、あの部屋に住んで、五ヶ月後のことだ。私服警官が二人、やってきた。名刺を渡されたが、警視庁刑事部捜査第四課という文字が刷られていたことをよく覚えている。刑事部捜査第四課といえば、暴力団を取り締まる部署だ。警官の一人は言った。

「あなた、ここを出たほうがいいですよ。トラブルに巻き込まれる前に」

　その忠告通り、すでにトラブルに見舞われていた。隣の騒音に、日ごと悩まされていたのだ。毎夜毎夜、どんちゃん騒ぎ。そしてある夜、いきなり金縛りに遭ったのだ。といっても、金縛りのような状態になっただけで、霊的なものではない。隣があまりに煩《うるさ》くて不眠状態が続き、しかも、激しい頭痛まで。それで、鎮痛剤をがぶ飲みし、軽い心臓発作を起こした。それが金縛りのような症状だったというオチだ。ちなみに、隣の住人は、その翌週、逮捕された。たまたまバイトから帰宅したときに、連行されるところに出くわした。そのときはじめて隣の住人を見たのだが、青白い顔で今にも死にそうだった。が、そのはだけたシャツから見えた虎だか龍《りゅう》だか蛇だかのタトゥーはやけに生き生きしていて、今にもシャツから飛び出してきそうで、足が竦《すく》んだのを覚えている。

　結局、私がそこにいた四年間だけで七人の住人が逮捕されて、そのたびに、私のところにも刑事が聞き込みにやってきた。

　確か、自殺もあったはずだ。自殺とみせかけて、消されたのかもしれないが。

　いずれにしても、とんでもないマンションだった。一階と二階に入っていたテナントも、その筋の人が経営していた怪しいバーやらスナックで、何度か警察の手入れがあった。そこでも、やはり人が死んでいる。喧嘩《けんか》の末……ということになっているが、たぶん、消されたのだろう。

そんなところだから、事故物件サイトに炎が五つもつくのは当然のことなのだ。もっとあってもいいぐらいだ。たぶん、今も、オーナーはその筋の人なのだろう。そして、住人の大半も……。私や尾上さんのような何も知らない一般人も何人か紛れ込んでいるかもしれないが、早々に逃げ出しているはずだ。

だから、マンションMとは関わらない方がいい。

うん、そうだ。関わってはいけない。


この仕事、はっきり断ろう。


そして、二日後の夕方、私は意を決して、尾上さんの名刺に書かれた電話番号に電話を入れた。メールでもよかったが、なにしろ六千円のランチコースとワインをご馳走になったのだ、メールだけで済ますには、さすがに心苦しい。

「はい。ヨドバシ書店、第一編集部でございます」

ワンコールで、出た。声もはきはきしている。うん、さすが、勢いのある会社だ。社員教育も行き届いている。

「尾上さん、いらっしゃいますか？」

「え？」ハキハキした声が、途端に沈んだ。

「……尾上まひるさん、いらっしゃいますか？」

「失礼ですが、どちら様でしょうか？」

　しまった。名乗るのを忘れていた。慌てて名乗ると、

「あ、失礼しました！　えっと――」

　いきなり、保留音の『エリーゼのために』が流れる。しばらくそのメロディーを聞いていると、

「お待たせしました、佐野《さの》です」

　あ。ソフトモヒカン男か。

「あの、尾上さんを――」

「それがですね……」ソフトモヒカンが、口ごもる。「尾上、今、病院でして――」

「病院？」

「例のマンションMに取材しに行ったみたいなんですが。さきほど、八王子の病院から連絡がありまして……こちらも、なにがなんだか、よく分からないんですよ。ただ、重体ということしか」

「重体？」

「はい。なんでも、四階の部屋の窓から転落したとか、なんとか」

　まじか？

　いや、でも、待て。

　四階の窓って？　あそこの窓は、嵌め殺しでは？

「だから、なにがなんだかよく分からないんですよ。警察は、自殺しようとしたんじゃないかって」

「自殺？」

「確かに、尾上にはちょっと妙なところがありました。お告げだの霊視だのを信じきっていて、しかも、『私には強力な味方がいる』と、根拠も無い自信に溢れていて。まあ、その自信が仕事に繋《つな》がっていたわけですから、こちらも特に注意はしなかったんですが。でも、中には、その精神の不安定さを心配する者もいて――」

「精神の不安定さ……？」

「『私は、母親に呪い殺されそうになった』とか言い出したり。『私に悪さする人は、私の左肩のそれが許さない』とか自慢げに言ったり。……まあ、おかしな言動は多々ありました。だから、突発的に自殺しようとすることもあるかもしれない。でも……」

「どんなふうに、自殺しようとしたんですか？」

「なんでも、自分から窓を突き破って、転落したそうなんです。……でも、そんなこと、ありえます？　僕にはどうも信じられなくて。だって、嵌め殺しにするぐらいだから、強化ガラスを使っていると思うんですよ。それを女性が突き破るって。……信じられます？　体当たりしても、無理だと思うんですよ。どう思います？」

ソフトモヒカンは、続けた。

「たとえば、男性がなにか道具を使って突き破るっていうんなら、納得いきますが」

全身が粟立《あわだ》つ。

まさか。

犬神を味方につけていると信じている尾上さんは、マンションMに住む反社会的勢力に強気で接触し、そしてなにかトラブルになり、それで――

……震えが止まらない。

やはり、マンションMには関わらない方がいい。

犬神より、
母親の怨念より、
よほど恐ろしいのは、反社会的勢力の暴力行為だ。

「残念です。これでは仕事はできませんね。尾上さんと、一緒に仕事をしたかったのに――」

私は、震える声で、心にも無いことを呟《つぶや》くと、そっと電話を切った。

トライアングル

1

二〇一九年、七月のある日のこと。

私は、池袋《いけぶくろ》駅の西口にいた。ある取材のため、池袋まで足を延ばしたのだ。

ランチをとっていると、

「ああ、そういえば。首都圏連続不審死事件の犯人Kが住んでいたタワーマンションって、確か、この近く――」

と、久しぶりにKのことを考えた。

考え出したら、止まらなくなった。スマートフォンを引っ張り出すと、「K　池袋　マンション」と検索してみる。あっという間に、Kが住んでいたタワーマンション名と住所がヒットした。

「事件当時、マンションは×××という名前だったが、今は、●●●に変更されている」という詳しい情報まで。

マンションが名前を変えるということは、ままある。重大事件の現場になってしまったときだ。いうまでもなく、このマンションが名前を変えたのはKが住んでいたからに他ならない。部屋だけではなく、建物全体が事故物件になってしまった例だ。

このマンションは、いわゆる〝高級〟タワーマンションで、外観もエントランスも豪華な造りになっている。お家賃も、まあまあお高い。ワンルームが十一万円以上、Kが住んでいた2LDKの間取りで二十万円以上だ。

Kがこのタワーマンションに越してきたのは、二〇〇九年夏。最後の被害者の遺体が発見された後、Kが警察にマークされはじめた頃だ。翌月の九月下旬にはKは逮捕されているため、ここには一ヶ月ちょっとしか住んでいないことになる。が、マスコミはこぞって、このタワーマンションを被写体として選んだ。Kの記事には、必ずといっていいほど、「高級タワーマンション」という言葉が躍ったものだ。そのため、Kと池袋の高級タワーマンションをワンセットで記憶している人も多いと思う。

たまったものではないのが、当該タワーマンションである。たった一ヶ月ちょっとしか住んでいない住人のせいで悪い意味で全国に知れ渡り、事故物件化してしまったのだから。名前を変えざるをえないほどに。まさに、タワーマンションそのものが、Kに利用されて騙《だま》されて、そして殺されてしまったようなものだ。

ちなみに、Kがこのタワーマンションに越してくる前に住んでいたのは、I区にある普通のマンションだ。タワーでもなければ高級でもない。普通のファミリー層が住むような、地味なマンションだ。お家賃も庶民的で、五十五平米の2LDKが管理費込み十一万円から（Kは、十三万円の部屋に住んでいたらしい）。Kはこの庶民的なマンションに住みながら、数々の殺人に手を染めていた。事故物件になるなら本来はこちらのマンションのほうなのだが、Kは逮捕直前に、ここを出た。マンションにとっては、ラッキーだったかもしれない。

……それにしても、なぜ、Kは、逮捕直前に住まいを変えたのか？　警察にマークされたから逃避のため？　いやいや、だったら、もっと遠くに逃げるはずだ。そして人目につかない、ひっそりと建っているぼろアパートを潜伏先に選ぶはずだ。古今東西の逃亡者は、たいがいそうしてきた。なのにKは、池袋駅からほど近い、しかもこんな派手でインパクトのあるタワーマンションを選んだ。それには、なにか別の理由があったはずだ。その理由はなんだろう？　……そんなことをつらつら考えながら、スマートフォンでネットサーフィンしていると、Kが住んでいた池袋のタワーマンションの部屋が賃貸に出されているのを見つけた。

しかも、Kが住んでいた部屋そのものが。

一四〇四号室。

改めて見ると、なんとも不吉な数字である。忌み数といわれている〝四〟がふたつも入っている。そういうのを気にする人なら、まず選ばない部屋だろう。マンションによっては、そもそも忌み数を設置しないこともある。私も、かつて〝四〇一〟という番号の部屋に住んだことがあるのだが、散々な目に遭った。それ以降、〝四〟という数字は避けている。

が、当該マンションもKも、そういうことは気にしなかったのだろう。でも、少しは気にした方がよかったのかもしれない。なぜならKは逮捕され、マンションは事故物件になってしまったのだから。

部屋の間取りもいけない。

私はその間取り図を見て、思わず「うわ……」と呻《うめ》いてしまった。本能的に、なにか不気味なものを感じたからだ。

私だけではない。

後日、いろんな人にその間取り図を見せてみたのだが、みな一様に、「うわ……」という一言とともに、なにか嫌なものを見たときの顔になった。

先日も、事故物件に詳しい人に見せたところ、やはり、「うわ……」と呻き声を漏らしたあと、

「これは、ヤバいですね」

と、ゴキブリかゲジゲジに遭遇した人のように、表情が固まってしまったのだった。そして、しばらくその間取り図を眺めたのち、

「なんで、こんな間取りにしてしまったんでしょう？　こんな三角形の部屋に」

そう、その部屋は、三角形だった。直角三角形。つまり、鋭角がふたつもあるのだ。

「これは、住みづらいですね。もちろん、三角形であることを意識しないで済むような内装にはなっているんでしょうが、無意識のうちに、かなりのストレスを受けると思います。しかも、日常的に。サブリミナル効果のように。心理的な問題もそうですが、もともと、三角形は風水的にもよくありません。避けた方がいいと言われています。尖《とが》っている部分が凶器になり、まさに、狂気を呼び込むからです。三角形の部屋は斜めになっている部分もできてしまうので、これもいけません。斜めは不安定を意味し、運も不安定になるといわれています」

なるほど。風水というのは、もともとは環境学。環境が心理に与える作用を吉凶で表したものだと言われているが……そんな風水を持ち出すまでもない。三角形の部屋は、間取り図を見ただけでなにか悪酔いしてしまう。本能が「そこはヤバい、やめろ」と、警告音を鳴らすのだ。だから、ほとんどの人は、その間取り図を見ただけで、その部屋に住むのはやめよう……と思うはずだ。

ところがである。先天的なものなのか、それとも後天的なものなのか、その本能が壊れてしまっている人がいる。そういう人は、三角形の部屋をためらいなく設計し、そして建築し、そして住んでしまう。

Kのように。

繰り返すが、Kは、最後の被害者の死体が見つかり、警察にマークされはじめた頃に、この三角形の部屋に越してきている。そして、その翌月には逮捕されているのだが、なぜ、Kはここに越してきたのだろうか？

私は、こう考えた。自分が逮捕されることを予想して、Kはわざわざタワーマンションに越してきたのではないかと。自分が逮捕されれば、マスコミの取材が殺到することも織り込み済みで。そう、このタワーマンションは、Kに舞台装置として選ばれたのだ。

全国に自分のニュースが流れるのだ、かつて自分を馬鹿にした奴《やつ》らも見るに違いない。庶民的なマンションに住んでいたら、ますます馬鹿にされる。「所詮《しょせん》、あいつはこの程度の女だ」と。そんなことは言わせない。奴らが、いや日本中が「え？　嘘でしょう？」と度肝を抜かれるような、そして羨望《せんぼう》するような、そんなシチュエーションを用意する必要がある。

そして選ばれたのが、このタワーマンションで、そして、あの部屋だったのではないか？　服装や美容のクオリティーに異様にこだわるKだ、住む場所にこだわらないはずがない。インスタ盛りに精を出す巷《ちまた》のキラキラ女子のように、自分の生活を盛らずにいられないのが、Kなのだ。

「でも、池袋だよ？」

そうなのだ。本物の高級志向なら、六本木《ろっぽんぎ》とか広尾《ひろお》とか銀座《ぎんざ》とか、もっと派手な街の高級マンションを選ぶはずだが、Kが選んだのは、池袋。そこが、Kの中途半端な小物振りを表している。同じ間取りで六本木あたりのマンションを探したら、家賃は軽く四十万円超え。さすがに、Kもそこまでは払えなかったのだろう。そこで、池袋で妥協したか。

それでも、家賃二十万円超えだ。引っ越しするときには、初期費用で軽く百万円は飛んだはずだ。だからだろうか、Kは、その三角形の部屋に新しい恋人を連れ込んでいる。この男性もまたKに四百万円ほど金を取られているが、Kが逮捕されたことにより命まで取られることはなかった──

＋

さてと、今日はここまでにするか。

私は、こきこきと、首を回した。

パソコンの画面には、書きかけのエッセイ。来月の文芸誌に掲載予定で、お題は、「悪女について」。実在する有名な悪女について、原稿用紙換算三十枚前後でなにか書いてくれ……という依頼だ。まあ、よくある企画だ。以前も、そんな企画に参加したことがある。そのとき選んだのは、マリー・アントワネットだったが。

今回は、「首都圏連続不審死事件」のKを選んでみた。彼女をモデルに小説を書いたこともあったので、筆が進むかな……と思ったのだが、失敗だった。

やはり、Kは虫が好かない。Kのことを書こうとすると、キータッチのスピードが恐ろしく落ちてしまう。本来なら、原稿用紙換算三十枚程度の原稿ならば、二日もあれば余裕で仕上げることができる。が、今回に限っては、四日もかかっている。なのに、まだ終わらない。

あーあ。ほんと、失敗した。今から、他の悪女を探すか？　でも、締め切りは明後日《あさって》の午後一《イチ》。そう時間はない。このまま、続けたほうが賢明だ。……でも。筆がのらないばかりか、なんというか、胸焼けがしてくるのだ、Kのことを考えるだけで。今だって、煮えたぎった油のようなものが食道をいったりきたりしていて、痛いやら気持ち悪いやらで、今にも吐きそうだ。

薬でも飲むか……と、いつもの胃薬を探していると、聞き慣れた「ぽぽぽぽーん」という機械音がパソコンから聞こえてきた。

メールの着信音だ。

時計を見ると、午前二時過ぎ。

こんな深夜に、誰？　胃薬を手にデスクに戻ると、メールを確認してみる。

「え？」

とても信じられなくて、二度見する。

「嘘――――！」

私は、叫びにも似た声を思わず上げた。

お世話になります。

ヨドバシ書店の尾上まひるです。

過日は、ありがとうございました。とても面白い話が聞けて、ますます先生のファンになりました。

そして、なにがなんでも、先生とお仕事をしたいとも思いました。

一年先でも、二年先でも構いません。是非、弊社でご執筆いただきたく、お願い申しあげます。

まずは、「マンションM」について、なにかお話を書いていただけないでしょうか。短いコラムでもエッセイでもかまいません。

こちらでも、先生の参考になるようなネタを集めてみますね。

早速、明日、マンションMに行ってこようと思います。四〇一号室に。

なにかありましたら、またご連絡しますね。

尾上まひる拝

2

「これはこれは、先生。お世話になっています。……いやー、雨が続いていやになりますねー」

電話口に出た男は、のんびりとそんな挨拶《あいさつ》からはじめた。男は、ソフトモヒカン男……佐野部長だった。ヨドバシ書店の文芸編集部部長だ。

「そんなことより！」

私は、怒鳴るように切り返した。

「昨夜《ゆうべ》……というか、正確には今日の午前二時過ぎ。メールが届いたんですが！」

「そんな深夜にメールが？」

「そうです！」

「誰から？」

「尾上さんからですよ！」

「え？」

その瞬間、佐野部長は、絶句した。そのモヒカンが小刻みに震えているのがこの目で見ているかのように分かる。

なぜなら、尾上まひるは、死んだからだ。

マンションMに取材に行き、四〇一号室の窓から転落したのだ。そのときはまだ心臓は動いており、病院に運ばれたのだが。……その一週間後、心臓は完全に止まったらしい。そんな話を聞いたのは先々月のことだ。

「いったい、どういういたずらですか？　こういうこと、やめてくれませんか？」

私は、ほとんど叫んでいた。

「こういうことするなら、出るところに出ますよ⁉」

「いやいや、先生、落ち着いて」

「落ち着いてます！　落ち着いているから、あなたたちが出勤するであろう昼まで待って、電話したんですよ！」

「お気遣い、ありがとうございます」

「本当は、メールが届いた時点で、電話したかったところですが、それはぐっと我慢したんですよ！　私は、良識ある善良な市民ですからね！」

「重ね重ね、お気遣い、恐縮でございます」

「いったい、なんだって、こんないたずらを？　あれ以来、なんの連絡もしなかったからですか？　だったら、お察しください。これは、御社では仕事はできないという、暗黙の意思表示です。六千円のランチとワインをご馳走《ちそう》になりながら、なんて恩知らずな……と思われるのは仕方ないとして、こんないたずらはどうかと思いますよ？」

「いやいや、先生。いくらなんでも、そんなタチの悪いいたずらは……」

「じゃ、なんで、亡くなった尾上さんから、メールが来るんですか？」

「そのメールは、どういった内容で？」

「内容？　……えっと」

　私は、固定電話の受話器を耳に当てたまま、パソコンに向かった。そして、例のメールを開くと、言った。

「マンションMに行くとかなんとか」

「マンションM？　尾上が転落したマンションですか？」

「そうです。そのマンションMの四〇一号室に、早速、明日、行くとかなんとか」

「マンションMに、明日行くと？」

「そうです」

「ちょっと待ってください。……そのメール、発信日付を確認してもらえますか？」

「日付？」

言われて、確認すると……。

「あ。これって」

「もしかして、尾上が転落した日の前日ではありませんか？」

尾上さんが転落した日はよく覚えていないが、二ヶ月前の五月のことだ。そして、メールの日付も二ヶ月前だ。

「もしかして、なにかのトラブルで、尾上が生前送ったメールが、今になって先生のところに送られた可能性があります」

確かに、そんなトラブルがあるにはある。だからといって、二ヶ月遅れで届くことなんて、あるのか？

「ああ、そういえば、ちょうどその頃、弊社のサーバーで通信トラブルがあって。一時的にメールの送受信ができなかったことがあるんです。もしかしたら、それが原因かもしれません。いずれにしても、いたずらではありませんので、それだけはどうか、分かってください。そもそも、そんないたずらをしたところで、弊社にどんなメリットが？　デメリットしかありませんよ。大切な先生との縁が切れてしまうのですから」

言われてみれば、その通りだ。そんないたずらをしたところで、悪い噂《うわさ》が流れるだけだ。

「……すみません、ちょっと、言い過ぎました」

私は、素直に謝った。

「深夜に、亡くなった人からメールが来たものですから、ちょっと驚いてしまって。……必要以上に興奮してしまいました」

「分かります。僕だって、そんなメールが来たら、パニクりますよ」

「……ですよね？」

「今回のことは、弊社のサーバーが原因かもしれませんので、詳細に調べて、結果をご報告いたします」

「あ、いいですよ、そんな」

「いいえ。こちらも、なんか気持ち悪いですからね。徹底的にやります」

「……なんか、すみません」

「いえ、悪いのはこちらですから。先生をびっくりさせてしまって、本当に申し訳ないことをしました。……そのお詫《わ》びといっちゃなんですが、また、ご飯でもいかがでしょうか？」

「いえ、結構です。本当に、結構です。では、失礼しました」

私は、一方的に電話を切った。

またご飯を奢《おご》ってもらったら、今度こそ、断れなくなる。

それにしてもだ。せっかくフェイドアウトすることができたというのに、こちらから電話することになるなんて。我ながら、情けない。もっと慎重になるんだった。メールが来た時点で、ちゃんと日付を確認していれば、こんなに大騒ぎする必要もなかったのに。

あーあ。本当に、自分の早とちりがいやになる。

でも、原因が分かって、ほっとした。実は、心霊的なものを疑っていたのだ。霊界にいる尾上さんからメールが来たのかと。だから、あれほど興奮してしまったのだ。が、蓋《ふた》を開ければ、サーバーのトラブル。幽霊の正体見たり枯れ尾花……というやつだ。

さてと。とりあえず、一件落着だ。昨日のエッセイの続きを書くか……と椅子に腰を落とし、パソコンに向かったときだった。「ぽぽぽぽーん」という例の着信音が鳴り響いた。メールが来たようだ。受信トレイを開き、その差出人の名前を見てみると……。

「ひぃ！」

私は、思わず、椅子から飛びのいた。

3

「つまり、尾上から、またメールが来たというんですね？」

ソフトモヒカンの男……佐野部長が、困惑の表情で言った。

その隣には、黒髪をひっつめにした黒縁のメガネっ娘《こ》。尾上さんの後任らしい。尾上さんの一年後輩ということだが、若々しさは微塵《みじん》もない。尾上さんとは対照的な、全体的に地味な印象だ。その服も、上から下まで、黒かグレーで統一されている。先ほどもらった名刺には、『黒田佳子《くろだよしこ》』とある。まさに、名は体を表す……だ。

港区は赤坂にあるビストロ。一人前二万円のディナーコースを堪能《たんのう》し、今まさに、デザートが出されたところだった。

……結局、また、ヨドバシ書店にご馳走になってしまった。しかも、今回は、二万円のコースだ。ランチ時なら千六百円のセットもあるのだが、さすがにディナーとなるとそうはいかない。七千円のコースと一万円のコースと二万円のコース、その三種類しかない。七千円のコースでもよかったのだが、佐野部長が、勝手に二万円のコースにしてしまったのだ。

こんなはずでは。

が、昼過ぎに尾上さんの名前で二度目のメールが届き、動転してしまった。気がついたら、再び、佐野部長に電話していたのだ。そしたら、「早速、今夜、お会いしましょう」ということになり、「前に行ったビストロでいかがでしょうか、予約しておきます」とどんどん話が進んでしまった。

いったい、なんでこんなことに。ヨドバシ書店とは、仕事をする気は一切ないのに。もう会うこともないと思っていたのに。

スプーンを手に、こっそりため息をついていると、

「で、尾上から、どんなメールが？」

と、佐野部長が、そろそろ本題いきましょうか？　とばかりに、その話を振ってきた。

せっかくの二万円のディナー、それを台無しにしたくない……という思いからなのか、それまでは、尾上の〝お〟の字も出してこなかったのだが、もうデザートだ。そろそろいいだろう……と、佐野部長は判断したようだった。

「で、どんなメールが？」

佐野部長の顔が、こちらに迫ってくる。

私はスプーンをテーブルに戻すと、Ａ４用紙をカバンから引っ張り出した。メールの内容をプリントアウトしたものだ。

ご連絡遅くなり、すみません。

ヨドバシ書店の尾上です。

実は、ちょっとした事故に巻き込まれ、今、入院中なのです。

ほんと、なにがなんだか、よく分からないのですが、私、マンションMの四階から転落してしまったようで。

でも、道路沿いのイチョウの木の枝のお陰で、一命はとりとめました。

集中治療室（ICU）から、冠疾患《かんしっかん》集中治療室（CCU）に移されたところです。

一時は、相当危なかったようです。心臓も止まってしまったらしくて。

実は、私、そのときに、臨死体験をしてしまいました！

誰かに呼ばれた気がして、目を開けると、三人の女性が、次々と天井を突き破って、現れたのです。

一人目は、すぐに分かりました。半年前に亡くなった、母です。

二人目は……伯母《おば》でした。私のことをとても可愛《かわい》がってくれて。でも、十年ほど前に亡くなっています。

そうなのです。いわゆる「お迎え」というやつです。

「ああ、本当に、こういうことってあるんだな……」と感動してしまいました。

そして、この体験をぜひ、先生にお知らせしなくちゃ！　とも思いました。なにかのネタにしてもらいたい！　と。

だから、私、伯母が差し出した手を、

「ごめんね。私、まだそっちにいけない」

と、振り払ったのです。

その瞬間、

「蘇生《そせい》しました」

という声が耳元で聞こえました。

そう、私は、生き返ったのです。すぐにでも、先生にメールをしたかったのですが、なにしろ、絶対安静の身なので、自由に動くことができません。

それで、メールをするのが、遅れてしまったというわけです。申し訳ありません。

あ、消灯の時間です。また、メールしますね。

尾上まひる拝

追伸
「お迎え」に来た三人のうち、三人目が誰なのか、どうしても分かりません。見覚えはあるんですが……。
ちょっと、気になりませんか？
三人目の女が、誰なのか。

「なるほど――」

言ったきり、佐野部長は絶句してしまった。そんな佐野部長をフォローするように、黒田さんが横から言った。

「日付を見ると……転落事故があった四日後に送られていますね」

その通りだった。

「つまり、亡くなる三日前ですね」

黒田さんにそう指摘されて、私の腕が粟立《あわだ》った。

「でも、不思議ですね」黒縁メガネの奥で、黒田さんの瞳《ひとみ》が鈍く光った。「聞いている話だと、尾上さん、ずっと意識不明だったと」

「そうだよな。だから、お見舞いにも行けなかったんだよな」と、佐野部長が、なにか言い訳するように言った。「な、黒田、おまえも行ってないよな?」

「はい、私も、行けませんでした」黒田さんが、軽く頷《うなず》いた。そしてその首を傾《かし》げながら、

「……でも、こんなメールを打つことができたんですから、実は、意識は戻っていたのかもしれませんね。親族以外の人物は面会謝絶ってだけで」

黒田さんの瞳が、またもや光った。

「これは、遺言のようなものですね」

「遺言？」

私の腕が、またまた粟立つ。

冗談じゃない。一度食事しただけのような人物から、なぜ遺言をもらわなくてはならないのか。

「……でも、不思議ですね。たぶん、このメール、尾上さんのスマホか携帯から送られたものですよね」

黒田さんが、プリントを舐《な》めるように見ながら、言った。

「いずれにしても、会社のパソコンからではないですよね、病院にいたんですから」

「そうだな」佐野部長が、張り子の虎のように、何度も頷く。

「なのに、なんで、今回も今になって、先生のもとに届いたんでしょう？」

そう、それなのだ。私が気になっているのは。

前回のメールは、会社のパソコンから発信されたもの。ヨドバシ書店のサーバーの不調が原因でメールの到着が遅れたらしいのだが――

「実は、あれから情報管理室に問い合わせてみたんですが、サーバーのトラブルが原因で、メールがこんなに遅れて発信されることはないとのことなんですよ。遅れたとしても、せいぜい半日だとか」

佐野部長が、申し訳なさそうに、小さな声で言った。

「ですから、前回のメールが今ごろになって届いたのは、サーバーが原因ではなくて――」

「じゃ、なにが原因⁉」

私は、軽くテーブルを叩《たた》いた。隣のテーブルから鋭い視線が飛んでくる。

私は、大きく深呼吸すると、今度は静かに言った。

「いったいぜんたい、なにが原因なんですか？　なんで、亡くなった尾上さんから、メールが来るんですか？」

「……申し訳ありません。この件については、徹底的に、精査しますので。……もう少しお待ちください」

「どのぐらい待てば――」

「ああ、ほら。せっかくのデザートが台無しですよ」

言われて、目の前の皿を見ると、アイスの盛り合わせが無残に溶け、さながら前衛絵画のようになっている。

「とにかく、食べましょう」

そういうと、佐野部長は、ブラックチェリータルトにフォークを突き刺した。

黒田さんも、タルトタタンにそっとフォークを刺し入れる。

私も仕方ないので、スプーンを手にした。

4

お世話になります。

ヨドバシ書店の尾上です。

まだ、ＣＣＵです。

思った以上に傷が深くて、当分は入院する必要があるみたいです。

本当に、悔しいです。

なんで、私、転落してしまったのでしょう?

そのときのことは、まったく思い出せません。記憶が飛んでいるのです。

自殺しようとしたのか? ……なんて周りは勘ぐっているようですが、違います。自殺なんて考えたこともありません。今のところ、私は順風満帆で、仕事もプライベートも充実しています。そんな私が、自殺すると思われますか?

そんなことより、気になるのは、三番目の女です。

前のメールにも書きましたが、臨死体験したときに見た、三人の女。最初に現れたのは母で、次に現れたのは伯母。でも、三番目に現れた女が誰なのかまったく見当がつかないのです。

「お迎え」ですから、すでに亡くなっている人で、私と縁がある人だろうとは思うんですが。

……実は、今も、私の上に浮かんでいるのです。

じっと、私を見ています。

とても怖いです。

でも、この体験も、いつかは役に立つんじゃないかと、忘れる前にこうしてメールにしたためています。友人のAちゃんのお母さんに、昔言われたことがあったんです。なにかあったときのために、証拠を残しておくのもいいわね……って。その言葉が唐突に蘇《よみがえ》ってきて。

……というのも、なんだか記憶が怪しいのです。記憶が浮かんでは消え、ほんの数分前のことも、忘れてしまうのです。時々、自分が誰なのかも忘れるほどです。一過性のものだろう……と、担当医は言うのですが。

兎《と》にも角にも、せっかくの貴重な臨死体験。忘れてしまってはもったいないです。なので、どうか、先生の記憶に留《とど》めてくださいね。

そして、この臨死体験、いつか先生のネタにしてくださいね。

ではでは、今日はこの辺で。また、メールします。

尾上まひる拝

＋

「お忙しいところ、お電話してしまって、申し訳ありません」

黒田さんから電話が来たのは、会食の二日後だった。

「尾上さんから、またメールが来たんだけど！」

私は、挨拶もそこそこに、受話器に噛《か》み付く勢いで言った。

「え？　尾上から？　またですか？」

「そう。会食したその日の夜に！　これって、どういうことかな？　あまりに薄気味悪くて、昨日も今日も悪夢にうなされて、ろくに眠れなくて。結局、文芸誌のエッセイ原稿、落とした！」

「……ああ、そうだったんですか」

「原稿を落とすなんて、はじめて。信じられない！」

いったい、この落とし前、どうつけてくれるんだ？　とばかりに、私は低い声で呻くように言った。

無論、黒田さんにはなんの責任もないのだが、誰かに八つ当たりしないではいられなかった。

「……本当にすみませんでした」

黒田さんが、涙声で小さく謝る。……まさか、泣かしたか？　ああ、そういうの、やめて。事情を知らない人が見たら、私が電話口でパワハラしているように映るじゃないか。

「……こちらこそ、すみません。ちょっと言い過ぎた」私は、ぐっと感情を抑えると、言った。

「いえ、先生は、全然悪くないです」

あたりまえだ、私は全然悪くない。むしろ、被害者だ！　また、感情が剝《む》き出しになりそうになり、私はきゅっと唇を嚙んだ。そして一呼吸置いて、静かに言った。

「……で、なにか用事でも？」

「あ、はい。……メールでもよかったんですが、やはり、直接お話ししたほうが、間違いがないと思いまして」

間違い？

「いえ。……私、メールだとなんだかつっけんどんな感じになるようで、それで、色々と誤解されてしまうことがあるんです。それに、メールだと、細かいニュアンスが伝わらないことがあるので、なるべく、用事があるときは、直接電話をするようにしているのです」

若いのに、珍しい。今の若い子は……いや、いい歳《とし》した私ですら、たいがいのことは、メールで済ませてしまうというのに。

「今日、お電話したのは、例の、尾上からのメールの件です」

「え？　なにか、分かった？」

「はい。……あれから、ご親族の方に連絡をとってみたんですが、尾上、一時的に意識を取り戻したそうです。まるで転落事故なんてなかったかのように、ベッドを起き出して、すたすた歩くほどだったとか。奇跡が起きたね……なんて、お医者さんもびっくりしていたようです。……で、ICUからCCUに移動になって、看護師さんの目を盗んで、スマホなんかも操作していたそうです。たぶん、先生に送られたメールは、そのときのものではないかと」

　ああ、確かに、CCUにいるとかなんとか、メールにもあったが。

「弊社の情報管理室の社員に聞いてみたところ、尾上は、社内パソコンのメールアカウントを、スマホでも利用していたようなのです。つまり、尾上のスマホから送られたメールは弊社のメールサーバーを経由しているので、やはり、弊社のメールサーバーになにか問題があって、送信に時差が生じたんじゃないか……というのが、情報管理室の見解です。それで、社をあげて徹底的に精査してみようということになりまして。……誠に申し訳ないのですが、先生に送られた尾上のメール、すべてこちらに転送していただけますでしょうか？　ヘッダーを見れば、経由しているサーバーもすべて分かるので、原因特定の参考になるだろうと――」

「ヘッダー？」

「はい。メールソフトに〝表示〟というメニューがあると思うんですが、それをクリックすると、さらに〝ヘッダー〟というメニューが出てくるはずなので、それをクリックして……」

　受話器を耳に当てながら、パソコンの前に座った途端だった。

「ぽぽぽぽーん」

という例の音が、パソコンから鳴り響いた。

心臓が波打つ。まさか、また、尾上さんから？

私は、恐る恐る、メールソフトを起動した。

「あ」

「先生？　どうかしましたか？」

「ううん、なんでもない」

私は、肩の力を抜くと、安堵《あんど》のため息を漏らした。メールはE社からで、重版を知らせるものだった。本来なら、「やったー！」と喜ぶところだが、今は、そんな気にはなれない。

「うん？」

メールには、続きがあった。

『老婆心ながら、申し上げます。先生、もしかして、ヨドバシ書店さんとお仕事、されていますか？　今、ヨドバシ書店さんには嫌な噂があります。どうか、お気をつけください』

……どういうこと？

そんな意味深なことを言われたら、気にならないわけがない。私は、受話器を耳に押しあてたまま、検索をはじめた。ワードは、「ヨドバシ書店　噂」。

すると、

『社員の不審死が続くヨドバシ書店。今年だけでも、三人の社員が死亡』

という記事にぶち当たった。

一人は過労死、一人は自殺、一人は転落死。……これは、尾上さんのことだろう。

それにしても、三人って――

「先生？　どうされました？」受話器から、黒田さんの声。

「ああ、ごめんなさい。……仕事のメールが来ちゃったから、すぐに返信しないと。電話、中断していい？」

「あ、はい。こちらこそ、すみません。長々と」

「尾上さんのメールは、あとで転送しておくから」

「はい、よろしくお願いします」

電話を切ると、私は検索に没頭した。いろんな噂がヒットしたが、それらをまとめると……。

ヨドバシ書店の社員及び関係者が、この二年間で、七人亡くなっている。つまり、去年が四人、今年は三人の死者が出ているというのだ。ネットでは、方角が悪かったんじゃないかと囁《ささや》かれている。というのも、ヨドバシ書店は二年前、N区の新社屋に移転しているからだ。

方角が悪い？　方角が悪いだけで、死者がこんなに出るものか？

さすがに、方角だけのせいじゃないでしょう……。きっと、他に原因があるはず。そう、なにか別の原因が――

これも、作家の性《さが》なのだろう。寝不足で体は疲れ切っているというのに、私の指は止まらない。

気がつけば、ネットマップを開いていた。そして、すかさず、ヨドバシ書店の住所を入力。

すると――

「ひゃ……！」

全身が粟立った。

なぜなら、そのビルが建つ土地は、三角形。ビルまで、三角形だったからだ。

しかも、かなりいびつで不安定な三角形。

と、そのとき、

「ぽぽぽぽーん」

例の着信音が、不気味に鳴り響いた。

＋

お世話になります。

ヨドバシ書店の尾上です。

先生、分かりました。……というか、思い出しました！

三人目の女の正体が！　とんでもない正体が！

……あ、ごめんなさい、看護師さんの足音が聞こえてきました。メールをしているところを見つかったら、また、怒られてしまいます。

また、メールしますね。

尾上まひる拝

追伸
三人目の女が、先生のところに現れませんように。

キンソクチ

1

二〇一九年、十月のある日のこと。

T社の担当編集者……菊田《きくた》女史と、ランチをしていたときだ。

二年にわたる連載が終了し、その打ち上げを兼ねたランチで、一息ついて脱力していた私はほとんど無防備だった。久々のオムライスがあまりに美味《おい》しくて、シーフードサラダのドレッシングもあまりに好みで、それにうつつを抜かしていたのもいけなかった。

ドレッシングをたっぷりとまぶしたプリプリの芝海老《しばえび》をフォークですくったまさにそのとき、

「連載、ありがとうございました。つきましては、……のご相談なんですが。……よろしいでしょうか？」

「うん、大丈夫」

私は、考えるより早く、そんな返事をしていた。

「本当ですか？　ありがとうございます！」

はて。なぜそんなに喜んでいらっしゃるのか。だって、単行本のことでしょう？　単行本の装丁及び体裁は、毎回、担当さんに一任している。私は一切口を挟まない。これが、デビュー以来、私の信条だ。小説を書いたのは私だが、本そのものは編集者の作品だ……という考えからだ。菊田女史とは、もう五年も一緒に仕事をしている。今更なにを――

「よかった……！　お忙しいと伺っていたのでダメ元でお願いしてみたんですが……。こんなにあっさり快諾いただけるなんて……！　本当に、よかった……！」

なにか、おかしい。

「では、締め切りは、来週の金曜日……ということでよろしいでしょうか？」

は？　締め切り？

「連休もありますので、ちょっと前倒しの締め切りとなってしまいますが。……もちろん、先生のご都合にも合わせます。週明けまで引っ張ることもできますので、遠慮なく、おっしゃってくださいね！」

「……は？」

どうやら、私は、文芸誌『小説近代』用の短編を書く約束をさせられていたのだった。

しかも、締め切りは一週間後！　原稿用紙換算五十枚から六十枚の作品を、一週間で書けというのだ！

誰かの代打である可能性が高い。いや、ほぼ代打だろう。

また、やられた……。

フォークから、芝海老がぽとりと滑り落ちる。

菊田女史は、こういうところが天才的にうまい。会話の中に自身の願望を忍び込ませるのだ。

そして、相手のちょっとした隙《すき》を狙って、「よろしいでしょうか？」と突き刺してくる。刺されたこちらは、ほとんど反射で、「大丈夫です」と答えてしまうのだ。

「では、早速ですが。テーマは『事故物件』でお願いします」

「事故物件？」私は、ようやく我に返った。「事故物件って、孤独死とか自殺とか、殺人とかがあった部屋のこと？」

「はい、そうです」

「文芸誌に、事故物件？」

「はい、そうです。今、事故物件が流行《はや》ってるじゃないですか」

確かに、事故物件の本が飛ぶように売れているらしい。

「それで、うちも、その流行にのっかろうと思いまして。いつもですと、この時期はエロ特集をするんですが、最近、エロはちょっとコンプライアンス的に厳しくて……。クレームなんかも来るようになって……。それで、今回の企画を思いついたんです」

いや、事故物件だって、いろいろとクレームが来そうな気もするが。

「とはいえ、事故物件もなかなか大変なんですよ」

だろうね。

「依頼していたライターのうち、二人が途中で体調を崩されて、降板しちゃったんです。そのうちの一人なんか、昨日ですよ？　突然電話があって。……執筆を辞退するって。ひどくありません？」

なるほど。それで、私のところにお鉢が回ってきたか。……そういう事情をうっかり暴露してしまうところもまた、菊田女史の凄《すご》いところだ。

「で、先生のことを思い出したんです。先生、前に、上京して最初に住んだマンションについて、エッセイかなにかで書かれたことがありますよね？」

　ああ。「マンションM」のことか。

「聞きましたよ。そのマンションって、いわくつきなんですって？　で、そのマンションを取材中に、ヨドバシ書店の編集者が亡くなったとも聞きました。……尾上さんでしたっけ？」

　やはり、噂が出回っていたか。たぶん、尾ひれもついているのだろう。ここは、はっきりと否定しておかないといけない。私は身を乗り出すと、

「私は一切、関わり合いないからね、あの事故とは」

　私はきっぱりと言った。それは、「もうこの話はしないでほしい」という警告でもあったが、菊田女史は止《や》めなかった。

「え？　事故？　……自殺と聞いてますが？」

「……自殺も事故のうちだよ」

「まあ、そうですね」

　菊田女史は、一瞬、視線を外した。そして、おもむろにフォークでナポリタンを絡めはじめた。が、それを口に運ぶことなく、「なんで自殺したんでしょうね？」と、しばらく視線を宙に漂わせた。

「聞いた話だと――」私は、一度逃した芝海老をもう一度すくい上げると、言った。「――ヨドバシ書店には、不幸が続いているって」

「あ。その話、私も聞きました。N区に新社屋を建ててから、不幸が続いているって。確か――」

「今年だけでも、三人の社員が死亡しているって」

「三人は、多いですよね。いくら、犠牲者はつきものだとはいえ」

「え？　犠牲者？　どういうこと？」私は、再び身を乗り出した。

「聞いたことありませんか？　家や社屋を新築すると、当分は不幸や不運が続くって話。ほら、有名人でも、よくあるじゃないですか。豪邸を建てた途端、スキャンダルが出て離婚。で、結局は豪邸を手放すことになった……みたいな話。企業でも、新社屋にした途端、経営が傾いて倒産しちゃった……みたいなことがあるじゃないですか。有名なところでは、山一證券《やまいちしょうけん》とか」

「山一證券？　あの、自主廃業した？」

「そうです。あの山一證券です」菊田女史は、ナポリタンを巻きつけたフォークを振り回しながら、目をキラキラとさせて続けた。「一九九六年十月、茅場町《かやばちょう》に立派な新社屋が竣工《しゅんこう》されるんですが、その翌年の十一月に、自主廃業。新社屋が完成して、たった一年で嘘のように破綻《はたん》しちゃったんですよ」

「詳しいね」

「前に、週刊誌にいましたからね。ライターからよく、そのときの話を聞かされたんです。新社屋が完成したと同時に怒濤《どとう》のように不正がバレて、たちまちのうちに潰《つぶ》れたって。新社屋に、呑《の》み込まれてしまったんじゃないかって」

「新社屋に呑み込まれた？　どういうこと？」

「そのライターが言うには、家や建物を新しく築くときは、その施工主の運がすべて使われるんですって」

「運？」

「そうです。建物を築くときに必要なのは、お金だけではなくて、〝運〟というか〝徳〟も必要なんですって。その人の〝徳〟だけで賄《まかな》えないときは、先祖代々が蓄えてきた〝徳〟も使うことになる。だから、建物が出来上がったときは、〝徳〟はゼロの状態。中には、マイナスになる場合も。つまり、丸腰になっちゃうんです。体でいえば、免疫機能がゼロになった状態。菌やウィルスに侵され放題。だから、家なんかを新築したあとは、しばらくは、不運が続くんだそうです」

「なるほど。今まで、自分を守ってきたものが、まったくなくなってしまうってことか」

「そうです。だから、家やビルを建てるときは、清祓《きよはらい》、地鎮祭《じちんさい》、上棟祭《じょうとうさい》、竣工式など、その時々で、神様に祈願するわけですよ。……時には、人柱《ひとばしら》も——」

「人柱？　さすがに、それはないでしょ。今時」

「そうですか……？」

否定されたのが不愉快だったのか、菊田女史が、突然、唇を閉ざした。

しばしの沈黙。

菊田女史はひたすらナポリタンを口に運び、私はシーフードサラダを貪《むさぼ》る。

「で、『事故物件』がテーマの短編、他にはどんな人が参加するの？」

沈黙を破ったのは、私だった。

文芸誌の短編の場合、たいがいは競作だ。ある共通のお題に沿って、作家たちが作品で競い合うのだ。そのメンツによっては、断る緒《いとぐち》も見つかるかもしれない。例えば、KとかRとかが参加するのであれば、断る口実になる。なぜなら、彼らとはSNSで大喧嘩《おおげんか》したことがあるからだ。いったい何が気に入らないのか、彼らはことあるごとに私につっかかってくる。だから、あるとき、ブロックしてやった。それを根に持ち、いまだに悪口を垂れ流しているらしい。

「今回の参加者は……」菊田女史は、トマトケチャップで真っ赤に染まった唇もそのままに、手帳を捲《めく》りながら呟《つぶや》くように言った。「えっと。……Aさんと、Eさんと……Sさんと……」

知らない名ばかりだな……。みな、新人だろうか？

「そして、G先生です」

「G先生！」

私の全身に鳥肌が立った。G先生といえば、その筋の大御所。私も学生時代からの愛読者で、心の師匠ともいえる。誰か尊敬する人はいますか？　と訊《き》かれたら、G先生と答えている。

「……G先生が、本当に？　ちょっと、信じられないんだけど」

G先生は、社会派ミステリーの骨太な作風で知られる。そんな人が、事故物件の短編？　そんな徒花《あだばな》のような企画に参加するだろうか？

「ところが、G先生は大乗り気でして。実は、お原稿、すでにいただいているんです。一番乗りです」

菊田女史が、ようやく紙ナプキンで口元を拭《ぬぐ》った。が、その顎《あご》にとんだケチャップまでは気が回らないらしく、血のような点が、残される。

「G先生、他の作品もめちゃ楽しみにしていらして。早く読みたいな……なんておっしゃってて。……G先生、ああ見えて、ホラーとかオカルトとか、お好きみたいですね」

「他の小説も楽しみにしているって？」

「はい、そうです」

そんなことを言われたら、断るわけにはいかない。

「……そうか。なら、頑張らないと」

「はい。そうです。頑張ってください！」

菊田女史が、悪魔のようににこりと笑う。

「…………」

ああ、また、安請け合いをしてしまった。私の馬鹿野郎！

いや、違う。問題はそこではない。

私は、いつのまに、代打に落ちぶれてしまったのだろう。

大ベストセラー作家とまではいかなくとも、売れっ子の仲間入りはしていると思っていたのに。

事実、収入だって、サラリーマンの平均年収より多い。赤坂のタワーマンションにも住んでいる。

……なのに、代打？　しかも、締め切りは一週間後。……新人の頃だって、こんな無茶振りはなかった。

もしかしたら、自分は、思っているほど売れていないのか？　重宝されていないのか？　ただの使い勝手のいい作家扱いなのか？

私は、オムライス上のケチャップを、スプーンの背で無闇に広げながら、うつむいた。

2

さて。

私は、久々に小田急《おだきゅう》ロマンスカーに乗っている。

午前十一時過ぎ。

隣の席には、担当の菊田さん。

いわゆる、取材旅行というやつだ。

目的地は、本厚木《ほんあつぎ》駅。

「先生が、厚木にお住まいだったなんて、初耳です」

菊田さんが、いつもの手帳をこれ見よがしにパラパラと捲りながら、にこりと笑った。

サーモンピンク色の革手帳は、菊田さんのトレードマークのようなところがある。いつでもそれを手に持ち、話の途中でも「あ」とペンを握りしめて、なにかを書き込んでいる。いったい、その中にはなにが書き込まれているのか。悪口だろうか。それとも、誰かの弱味だろうか。

「菊田さんは、厚木に行ったことは？」私も私で、膝《ひざ》の上のスマートフォンをこれ見よがしに弄《もてあそ》びながら、言った。

「厚木……。たぶん、行ったことないですね。ロマンスカーも初めてです」

「へー、初めてなんだ。箱根《はこね》とかには行ったことは？」

「行ったことはあります。車で」

「なるほど。車で」

「あ」菊田さんが、なにかをひらめいたようだ。ペンを握りしめると、手帳になにかを書き込む。

これがはじまると、しばらくは無音が続く。私もスマートフォンを手にすると、意味もなく、画面をタップしてみた。すると、

「稲荷《いなり》」

という文字が表示された。

あ、そうか。新宿駅に向かうタクシーの中で、検索していたんだった。今日の取材の予習として。

……はて。でも、どうして、「稲荷」を検索しようとしたのだっけ？

確か、私は、地図を開いていたはずだ。これから行く目的地のルートを確認するために。

というのも、記憶が曖昧《あいまい》なのだ。

なにしろ、これから行く場所は、私が小学生の頃に住んでいた借家だ。そこには一年も住んでおらず、そのため記憶には満遍《まんべん》なく靄《もや》がかかっている。もしかしたら、すべて夢なんじゃないか？　と思うほど、あやふやなのだ。

が、ひとつだけ、鮮明な部分がある。それは、〝墓〟だ。

あるとき、はやる好奇心を抑えきれず、家の裏庭に続く山に入ったことがある。山といっても、竹林に覆われたこんもりとした小さな丘のようなもので、なだらかな斜面のようなところを百メートルも上がればてっぺんに到着する。

そのてっぺんに、古い石の墓が三つ並んでいた。三つのうち、二つにはちゃんと名前が刻まれ

ていたが、一つにはまったくなにも刻まれていなかった。しかも、形もいびつだった。一見、墓には見えない。捨てられた漬物石のような雰囲気すらあった。が、その前にはお菓子やおにぎりやパンが置いてあり、折に触れ、誰かが供養しているのは確かだった。

いったい、この墓はなんなんだろう？

誰かに訊きたくても、訊けなかった。というのも、山に行くのを親に禁止されていたからだ。

「あの山に行ってはいけないよ。あそこは、お隣さんの土地なんだからね。不法侵入になって、警察に捕まるよ」

無論、それはよくある脅し文句に過ぎなかったのだろうが、その言葉は、妙に私を挑発したのだった。いわゆる「カリギュラ効果」というやつだ。禁止されればされるほど、それをしてみたくなる……という心理だ。

行きたい、行きたい、行きたい……。私は、とりつかれたように、山と裏庭を隔てるフェンスを眺めたものだ。

そのフェンスはよくある金網状のもので、ちょっとよじ登れば簡単に向こう側に行けるような代物だった。が、「私有地」と書かれたお札のような紙が貼られ、その陳腐な金網フェンスを強固な結界にしていたのだった。カリギュラ効果がますます激しく反応した。

行きたい、行きたい、行きたい……。

私の好奇心は頂点に達し、そして、いよいよそのフェンスをよじ登る日が来たのだが――

「稲荷神社がありませんでした？」

菊田さんが、いきなりそんなことを言い出した。見ると、その手には、スマートフォン。例の手帳は膝に置かれている。

「え？　稲荷神社？」

「はい。これから行く場所です。先生にお話を伺って、私なりに調べてみたんですが。……この山が怪しくないですか？」

言いながら菊田さんが、スマートフォンの画面をこちらに向けた。表示されているのは、地図。住宅街の中、緑色に塗りつぶされている場所がある。

あ、思い出した。タクシーの中でルートを確認しているときに、私もこの場所に行き当たったのだった。

緑に塗りつぶされている範囲はそれほど大きくなく、地図で見れば街中の公園という趣きなのだが、「X山」という名前から、〝山〟であることが推測される。その北側には神社のマークがあり、そこをさらに拡大すると、「X稲荷神社」という名前が表示された。ふと、私の中の記憶が疼《うず》いた。「稲荷」という文字に反応したようだった。気になって検索しようとしたとき、タクシーの運転手が話しかけてきた。そこで私の思考も遮断されたわけだ。……歳《とし》のせいとはいえ、ここ最近の物忘れはシャレにならない。なにか邪魔が入ると、それまで考えていたことがすっかり抜け落ちてしまう。が、こうやって思い出すうちは、まだまだ、大丈夫だろう。……そう自分に言い聞かせながら、

「稲荷神社って、江戸時代に大流行りしたみたい。日本で一番多い神社だとも言われていて——」

私は、自分の頭が明晰《めいせき》であることをアピールするように言った。すると、菊田さんも負けじと、

言った。

「確かに、路地や個人の家の庭にも、お稲荷さんを祀《まつ》った小さな祠《ほこら》とかありますよね」

小さな祠？

記憶を覆っていた靄が、一気に晴れる。

「あったよ、あった！　お稲荷さんの小さな祠が！」

でも、お稲荷さんの祠があったのは、山ではなく私が住んでいた借家の庭だ。

その借家は、父が勤めていた会社が借り上げたものだった。

父はいわゆる転勤族で、二年に一度は引っ越しを余儀なくされたのだが、引っ越し先はどこも綺麗《きれい》で広めな部屋だったので、母などはむしろ、どこか喜んでいた節がある。家賃が破格だったのも理由だ。

しかも、厚木の借家は、ほぼ新築の一戸建て。広々とした庭までついていた。そのアプローチには、つるバラの門まで。小坂明子《こさかあきこ》の名曲『あなた』に出てくる家を彷彿《ほうふつ》とさせるような、メルヘンな造りになっていた。

「西洋風なのに、お稲荷さんの祠があったんですか？」

菊田さんが、興味津々に目を輝かせた。

「うん、そう。裏庭の隅に、ひっそりと建っていた。なんだか、そこだけ、じめっと暗くて。母なんかは、極端に嫌がってたっけ。近づきたくもないって」

「きっと、その家が建つ前からあったんでしょうね」

「たぶん」

「そもそも、その一戸建て。どうして、借家に？　新築同然だったんですよね？」

「言われてみれば、確かに変だね。なんでだろう――」

記憶とは不思議なもので、ひとつでも掘り起こされると、あとは芋づる式だ。あたかも、昨日今日聞いた話のように、私の中に当時の記憶が次々と再生されていった。

「ああ、そうだ、思い出した。オーナーが海外転勤になったって。母がそんなことを言ってた」

「家を新築して、すぐに？」

菊田さんの瞳《ひとみ》に疑念の影が過《よぎ》る。「……本当に、海外転勤だったんですかね？　本当は、逃げたとか？」

「逃げた？」

「だって」

「いやいや、ちょっと待って。今回の取材対象は、その借家じゃないよ？　裏山の墓だよ？」

私は、お笑い芸人がするように、大きく右手をふった。

そう。この日の私たちの目的は、謎の墓だ。

「事故物件」について、なにか短編を書いて欲しい……と菊田さんに依頼されたとき、私が真っ先に思い浮かべたのが、先述の墓の記憶だった。そのことにちらりと触れると、菊田さんは目をキラキラとさせて、

「じゃ、そのお墓について、書いてみませんか？」

「いや、でも、事故物件とはちょっと違う気もするんだけど」

「大丈夫ですよ。ちょっとぐらい、テーマから外れても」

「そんなに適当でいいの？」

「怖ければいいです。……そして、ちらりと事故物件のことに触れていただければ」

「え……」

「とりあえず、そこに行ってみましょう！」

菊田さんの行動力と強引さには毎度毎度、感心させられる。他の仕事も立て込んでいて、取材など出かける暇はなかったが、気がつけば、こうやってロマンスカーに乗っているのだから。そして、菊田さんの仕事振りには毎度毎度、脱帽だ。今も、私以上の熱心さで、あれこれと検索に励んでいる。

「……この地図を見てみると、この『X山』は、X病院の土地のようですね、敷地内にありますもん」スマートフォンに指を滑らせながら、菊田さん。

「え？　病院？」

私も、自分のスマートフォンに同じ地図を表示させた。

「あ、本当だ。……山の西側に、病院がある。……あ」

私の記憶が、また反応をはじめた。

「……先生、どうしました？」

思い出した。小学生の私が、どうして、あの山に興味を持ったのか。「カリギュラ効果」だけではない、もうひとつの理由があった。

それは、夜な夜な、犬の鳴き声が聞こえたからだ。

時には、昼間にも聞こえたことがあった。

が、それを言っても、父も母もとりあってくれなかった。気のせいだろう……と。

でも、私にははっきりと聞こえた。きっと、あの山に、子犬が捨てられているに違いない。助けに行かなくちゃ。

私は、そんな幼い正義感に駆られて、あのフェンスをよじ登ったのだ。

そして……。

「このX病院、今は内科の病院になっていますが、もともとは、産婦人科だったみたいですね」

菊田さんの声をBGMに、私も検索を続けた。すると、あるサイトに辿《たど》り着いた。それは、昭和の懐かしい風景を投稿形式で集めたサイトで、その情報量の多さには定評があり、私もちょくちょく参考にさせてもらっている。

そのサイトに、昭和五十年代前半に撮られた、X病院とその周辺の写真がアップされていた。

「あ。ここだ」

私の記憶が、完全に蘇《よみがえ》った。

ここだ。間違いない、ここだ。私が住んでいたのは、ここだ！

が、少し、違う。

「……マジで？」

私は、声を震わせた。

「先生、どうしました？」

「私が住んでいた借家、もともとはX病院の敷地だったのかも」

「え？」

「これ、見て。このお稲荷さん」

私は、スマートフォンを菊田さんに向けながら言った。

「このお稲荷さん、うちの裏庭にあったものなんだけど。でも、この写真では、入院病棟の中庭かなにかのように見える」

「ということは、山を挟んで西側にX病院が、東側にX病院の入院施設があったんでしょうか?」

「そういうことだろうね……。撮影されたのが昭和××年とあるから、私たち家族が引っ越してくる五年前に撮られた写真ってこと?」

「じゃ、この後に入院施設が取り壊されて、一軒家が新築された?」

「たぶん……」

「あ」今度は、菊田さんが声を震わせた。「先生、これ、見てください」

言いながら、菊田さんがスマートフォンをこちらに向ける。

それは、古い地図だった。

「大正時代の地図がヒットしたんですが。X山があるところ、『X古墳』ってなってます」

「古墳?」

「そうです。X山は〝山〟ではなくて、〝古墳〟だったんですよ!」

古墳といえば、……墓じゃないか。足の先から、ぞわぞわと寒気が上ってくる。

菊田さんも悪寒を感じているのか、二の腕をさすりながら、言った。

「そういえば、私、聞いたことがあります。お稲荷さんって、古墳があった場所に祀られることが多いって」

「どういうこと？」

「狐《きつね》そのものを神として祀った狐塚と、渡来系の秦氏《はたうじ》が信仰していた稲荷神がくっついたのが、今の稲荷信仰だと言われているんですって」

「狐は、稲荷神の眷属《けんぞく》……つまり使者って聞いたことがある。古代は、狐そのものが神だったんだろうね。……で、狐塚って？」

「狐塚というのは狐の巣穴のことを指すようです。狐は古墳があった場所に穴を掘ってねぐらにすることが多かったんですって」

「なるほど。それで、古墳があった場所に稲荷神社が多いんだ……」

「そうです」

「ということは、私は、古墳の中に住んでいたということ？」

「そうなりますね」菊田さんの目に、再び輝きが灯《とも》った。「……なんだか、ますます面白くなってきたじゃないですか。古墳……つまり、墓の中にある家って。立派な、〝事故物件〟ですよ！」

「……事故物件」

「先生が、夜な夜なお聞きになった犬の鳴き声って、狐の鳴き声だったりして？」

「……狐の鳴き声？」

「気になるのは、先生が目撃した、三つのお墓です。三つのうち、二つは、ちゃんと名前が刻まれていたんですよね？」

「……はい」

「X病院の関係者のものでしょうか？」

「……さあ」

「そして、何も刻まれていない、漬物石のような墓。これが気になりますね！　まだ、あるかしら」

　菊田さんのテンションとは裏腹に、私のテンションはどんどん下がっていった。

　寒気もおさまらない。氷水にでも入ったかのように、体の隅々まで冷え切っていた。

　なぜなら、私は、すっかり思い出してしまったからだ。あのときのことを。あのとき、見てしまったものを。が、それを口にしてはいけないような気がした。

　いや、してはいけないのだ、絶対に！

　私が、今の今まで忘れていたのは、私自身が記憶を消したからに他ならない。

　ああ、なのに、なんで、私は思い出してしまったのか！

　ああ、なんで！

「先生。そろそろ町田《まちだ》です。本厚木は次ですね！」

　菊田さんの声が、少女のように弾んでいる。が、私の気持ちは、深く沈み込んでいた。目の奥がちりちりと、痛い。

　頭痛だ。頭痛がやってくる。

「すみません。私、町田で降りていいですか？」

「え？」

「頭痛がひどくて。取材を続けられそうにない。……このまま、帰りたいんだけど……」

「え？　え？」

菊田さんの顔が、出来の悪い子供を叱《しか》りつける鬼母のように、歪《ゆが》んでいる。……怖い。

でも、帰らなくちゃいけない。

なぜなら。

あそこには、行けない。行ってはいけない。

絶対に、行ってはいけないのだから！

私は、

「え？　え？」

と、疑問符を大量に投げつけてくる菊田さんを置いて、一人、ロマンスカーを降りたのだった。

3

「え？　これで終わり？」

とても信じられなくて、私は、ノンブルを確認した。……落丁ではない。本当に、これで終わりのようだ。

「マジで？」

もしかして、この作家も代打だったんだろうか？

私は、届いたばかりの『小説近代』最新号の見本誌を見ながら、首をひねった。

柿村孝俊《かきむらたかとし》。

初めて見る名前だったが、『狐塚』というタイトルに惹《ひ》かれて、読んでみた。

が、それは、どう計算しても原稿用紙換算二十枚にも満たない、未完の小説だった。

私は、五十五枚、書いたのに！　たった一週間で！

なにか理不尽な怒りが湧いてきて、『小説近代』をテーブルに叩《たた》きつけた。ああ、イライラする。ラーメンでも食べるか！　私は、インスタントラーメンにお湯を注いだ。

が、ラーメンを食べても、イライラはおさまらなかった。

柿村孝俊。いったい、何者なんだ？

『小説近代』を再度手にすると、巻末のプロフィール一覧を確認してみる。

【柿村孝俊】　1974年、長崎県生まれ。フリーライターを経て、2018年に『あのときの……』で『小説近代新人賞』佳作を受賞、同作で小説家デビュー。二作目を期待されていたが、2019年10月、『狐塚』を執筆中に急逝。

「急逝⁈」

驚きのあまり、口の中のラーメンがすべて吐き出された。

＋

「……『狐塚』を書いた人、……亡くなったってほんと？」

私は、単刀直入に訊いた。すると、菊田女史は、静かに頷《うなず》いた。その頰は青ざめ、心なしか痩《こ》けている。

私たちは、T社近くのファミリーレストランに来ていた。

呼んだのは私だ。連載が終了した作品の単行本について話がしたい。そうメールしたならば、このファミレスを指定された。

が、単行本は口実だった。私が知りたかったのは、「柿村孝俊」なる人物のことだった。

「……はい。亡くなりました。……原稿の締め切りになっても連絡がなくて。……それで、住所を頼りに、行ってみたんです。……そしたら、亡くなられていて――」

菊田女史は、ハンカチで口元を押さえ、えずきながら言った。

「もしかして、遺体を発見したとか？」

「……はい。普通のアパートで、オートロックなんかもなくて。しかも、鍵《かぎ》も開いていて。でも、ドアホンを鳴らしても、応答がなくて。……なにか嫌な予感がして部屋に入ってみたら。……死後、一週間経《た》っていたそうです」

死後一週間。……ならば、腐敗が進んでいたことだろう。

「柿村さんは、一人暮らしだったの？」

「はい。……いわゆる、孤独死というやつです」

菊田女史が、どこか遠くを見ながら言った。その目には、そのときの光景が再現されているのだろう。涙が滲《にじ》んでいる。

「……先生と洋食屋でランチをしたあの日のことです。……先生と別れたあと、柿村さんのお宅に伺ったんです。……そしたら」

「え？　あの日に？」

「……はい」

　そうか。道理で、あのランチ以来、連絡がなかったわけだ。いつもなら、毎日のように進捗《しんちょく》状況を訊いてくるのに。原稿を送ったときも、「お原稿拝受しました」とだけ。特に感想もなかった。それが、どれだけ私を不安にさせたか。感想もないぐらい駄作だったのだろうか？　我ながら、いい出来だと思ったのに……。実は、それもあって、菊田女史を呼び出したのだった。駄作なら駄作とはっきり言ってほしい。でなければ、なにか気持ち悪い。

　が、そんなことを訊ける感じではなくなった。

　目の前の菊田女史は明らかに憔悴《しょうすい》しきっていて、心ここに在《あ》らず状態だ。いつもの手帳も、テーブルに放置されたままだ。

　そりゃ、そうだろう。腐乱死体を発見してしまったのだから。私だったら、数年は引きずる。

「……でも、お原稿はありましたから、助かりました。……未完でしたが。ないよりはマシです」

　菊田女史が、うわごとのように言う。

「原稿があったとは？」

「デスクの上に、プリントアウトしたものがあったんです。だから、警察が来る前に、それをピックアップしたんです。だって、警察が来てしまったら、証拠保全とかいって、どこかに持って行かれるかもしれない……と思いまして」

　さすがは、編集者。そういうところは肝《きも》が据《す》わっている。

「それにしても、死因はなんだったの？」

「分かりません。ただ、亡くなっていたのはベッドの上でした」

「じゃ、就寝中に？」

「それもよく分かりません。……でも、私の印象では、寝ているとき……という感じではなかったです。なんというか。……なにかに怯《おび》えるような感じだったんです」

「怯える？」

「はい。ベッドは窓がある壁に沿って置いてあったんですが。柿村さんは、窓を避けるように、ベッドの隅に体を寄せて、丸くなっていたんです」

「丸く？」

「はい。いわゆる体育座りのような状態です。……まるで何かに追い詰められて、怯えながら息絶えた……というふうに感じました。しかも、その手には、数珠《じゅず》が――」

「数珠？」

「はい。数珠を握りしめていたんです」

「奇妙ですね」

「はい。奇妙なんです。なにもかも！」

菊田女史は、いつもの手帳を手にすると、それをペラペラと捲り出した。

「私、柿村さんと、本厚木に行くためにロマンスカーに乗ったんです」

「ああ、はい。短編にもそうあったね。でも、柿村さんは町田で降りて――」

「実際は、違います。私たちは本厚木まで行きました。そして、X山の近くまで行ったんです！」

菊田女史が、興奮気味にまくし立てる。その目は充血し、まるでおばけ屋敷から出てきた人のように、息も荒い。

「……X山って。……古墳だったところ？」

「そうです。柿村さんが住んでいたという借家も、そのままありました――」

＋

――築四十年近く経っているはずですが、割と綺麗な家でした。が、人は住んでいませんでした。空き家でした。でも、貸出はしていたみたいです。不動産屋の貼り紙がありましたので。

それで、その不動産屋に行ってみることにしたんです。

不動産屋は、駅の近くにありました。昔ながらの、地元に根付いた不動産屋です。白髪頭のひょろっとした年配の男性が対応してくれました。はじめは警戒されましたが、名刺を差し出すと、

「『小説近代』、毎号、読んでるよ！　学生時代から！　こう見えて、僕、文学青年だったんだよ！」

と、ころっと態度が変わりまして。

「取材？　いいよ、どんどん質問してよ。僕に分かることなら、なんでも答えるよ」

「ありがとうございます。……では、早速ですが、あの家は、どのぐらい空き家なんですか？」

私が訊くと、

「先月からだよ」と、不動産屋。

「じゃ、それまでは誰かが住んでいたんですね？」

「まあね。……でも、一年もしないうちに、引っ越しちゃったけど」

「一年？」

「他もそうなの。借り手はいるんだけど、みんな、一年もたない。……いったい何が原因なのか」

「もしかして、事故物件とか？」

「事故物件？　ああ、心理的瑕疵《かし》物件ってこと？」

「はい。誰かが死んだとか事件があったとか」

「それはないよ。僕、あの家をずっと管理しているけど、死人も事件もない。というか、そんなことが起きる前に、みんな引っ越しちゃうんだよ」

「じゃ、どうして？」

　私がしつこく訊くと、不動産屋は観念したように、ぽつりと言いました。

「もしかしたら、原因はあれかな……」

「あれ？」

「病院が近くにあったでしょう？　今は小さな内科の病院だけど、昔は、大きな産院だったんだよ。立派な入院施設も構えてて。でも、ある事件が起きて、縮小された。入院施設は取り壊されて、土地は売却されて、ある大手の不動産会社の手に渡り建売住宅が建てられた。……それが、あの家だよ」

「ある事件って？」

「……うーん」

不動産屋は話すことを渋りましたが、私だって、負けてません。

「もしかして、看護師による嬰児《えいじ》殺人事件ですか？」

「え？」

「ここに来るまでに、私なりに調べたんです。そしたら、『X病院嬰児殺し』という記事にぶつかりました」

「そこまで調べているんなら、隠しても仕方ないね。……うん、そう。看護師の一人が、新生児を次々と殺害していった。……確か、六人だったかな？ ひどい事件だよ。その嬰児の遺体は、病院の敷地内にある山に埋められた――」

「え⁈」私と柿村さんは、同時に声を上げました。

「……いや、違うよ。山に埋めたっていうのは、ただの噂。あの山のてっぺんには、昔から墓が並んでいてね。それで、そんな噂が流れたんだよ」

「……噂」

「でも、噂って怖いよ。あの家を借りた住人たちは、いろんな形でその噂を耳にするんだろうね。それで、怖くなって逃げ出すんじゃないかな……と僕は推理している」

「じゃ、噂が原因で？」

「いや、元を辿れば、原因は他にあるのかもしれない」

「他に？」

「X病院が出来る前、あそこはX稲荷神社の土地だった。いわゆる禁足地ってやつで、外部からの侵入を厳しく制限していたんだよ」

「禁足地？」

「そう。文字通り、入ってはいけない場所。もともと、あそこは古墳だったからね。それが理由だろう。……それとは別に、もうひとつ、秘密の理由がある」

「秘密？」

「うん……」不動産屋は、一瞬、口を閉ざしました。が、私が「秘密って？」と擦り寄ると、小さな声で「……あそこは呪詛場《じゅそば》だったんだよ」

「呪詛場？」

「戦前までは、割とそういうことが行われていたらしい。……だから、禁足地にしたんじゃないかな？」

「……そういうこと？」

「だから、呪詛だよ」

「丑《うし》の刻《こく》参りですか？　呪いの藁《わら》人形とか……」

「それとも、少し違う。あそこで行われていたのは、犬神《いぬがみ》だ」

「犬神？」

「いずれにしても、呪いの念があの山一帯にはまだ残っているんだろう。それが、人間の心理になにかしら影響してるんじゃないかな……と、僕は思っている。嬰児殺しの看護師も、その影響を受けて、あんな犯行を――」

「犬神って？」

が、不動産屋はそれには答えず、「仕事があるからさ、ごめんね」と言って、私たちを体よく追い出したのでした。

ふと隣を見ると、柿村さんの顔が死人のように真っ青で。

尋常ではない感じでしたので、近くのカフェに入りました。

コーヒーを飲むと、柿村さんの顔に少しだけ血の気が蘇りました。

「……今日は、このまま帰らせてください」

柿村さんは、懇願するように言いました。私も、そうするのが最善だと思いましたので、

「じゃ、ロマンスカーのチケットを買ってきますね。ここで少しお待ちください」

席を外したのは、ほんの数分だと思います。戻ると、柿村さんの姿はありませんでした。テーブルには、『帰ります』という紙ナプキンの書き置きが――

+

「もしかして、それっきり、柿村さんとは連絡がとれてなかったの?」

問うと、

「はい。……生きている柿村さんとは、あれが最後でした」菊田女史が、相変わらず口元をハンカチで押さえながら言った。

「なんだか、いろいろと気になりますね」

私は、おもむろに腕を組んだ。……なんだろう、この既視感。……そして、違和感。なにかが、

ずっと奥歯にはさまっている感じがする。

「私、思ったんです。……柿村さん、実は、呪い殺されたんじゃないかって」

菊田女史が、涙声で、そんなことを言う。こんな菊田女史、初めて見る。

「呪い殺された？　どういうことですか？」

「柿村さんのデビュー作、『あのときの……』ってご存じですか？　『小説近代新人賞』の佳作をとった作品なんですが」

「いえ、……読んでない」

「まあ、そうですよね。書籍にもなってないし。……『小説近代』に掲載されただけですから」

「そのデビュー作が、なにか？」

「原稿用紙換算三十枚程度の短編で、いわゆる『夢』を題材にした幻想小説なんですが。その中に、〝犬〟が出てくる節があって」

「犬？」

「はい。それは十行ほどの短いエピソードなんですが、描写が妙に生々しいんですよね。これって、もしかして、柿村さんの実体験なんじゃないかと」

「実体験？」

「はい。小学生の柿村さんが、X山で見た実体験なんじゃないかと」

「でも、柿村さんは、X山で見たことはそれまで忘れていたんじゃ？」

「はい。ですから、もしかしたらご本人はそれとは気づかずに、無意識のうちに、そういうエピソードを忍び込ませたんじゃないかと」

「で、それって、どういうエピソードなの？」

「ある少年が、顔だけ出して生き埋めになっている犬を目撃するんです。しかも、その犬の前には美味しそうな餌《えさ》が置いてある。が、犬は生き埋めになっているので、それを食べることができない。……そんなエピソードです」

「……生き埋めになった、犬？」

「これって、……〝犬神〟なんじゃないかと」菊田女史が、目を見開いた。「私、不動産屋の話が気になって、〝犬神〟を調べてみたんです。そしたら――」

「〝蠱毒《こどく》〟の一種ですよね？　古代から続く呪術のひとつで、簡単にいえば、動物を共食いなど残酷な方法で殺して悪霊とし、それを使役して政敵や憎い人物を呪い殺すことをいう。日本では犬を犠牲にして、その霊を使役する〝犬神〟が有名で――」

「お詳しいですね」

本当だ。なんで、こんなに詳しいんだろう？　そうだ、いつだったか、ネットで検索したことがあった。……あれ、なんで検索したんだっけ？　えーと。

記憶を辿りはじめる私を引き戻すように、菊田女史は話を続けた。

「犬神を作るとき、犬を生き埋めにするんだそうです。顔だけ出して。そしてその前に餌を置いておき、犬の欲望を最大限に引き出し、餓死する寸前で首をはねるんだそうです」

「……残酷だな」

「はい。蠱毒は、残酷であればあるほど効果があるそうです」

「……怖いな」

「小学生だった柿村さんは、もしかしたら、犬神が作られるところを見てしまったんじゃないかと」

「見てしまったら、どうなるの？」

「蠱毒に限らず、呪詛全般は、その過程を他人に見られてはいけないんです。見られたら、自分に呪いが返ってきますからね。だから、他人に見られた場合、……それを見た人を消すんだそうです」

「消す……！」

思わず声が大きくなり、私は慌てて、飲みかけのアイスコーヒーのストローをくわえた。そして一口啜《すす》ると、

「……つまり、柿村さんは、犬神を作るところを目撃してしまい、だから、消された？」

「そうなりますね」

「いや、待ってください。だって、柿村さんはいい歳ですよね？」

「今年で四十五歳です」

「柿村さんが仮に犬神を作るところを目撃したとして。それは小学生の頃の話だよ？　いくらなんでも、時差がありすぎない？」

「きっと、犬神を作っていた人は、柿村さんの顔をはっきりとは見てないんですよ。で、ずっと柿村さんを探していたんじゃないかと。そして月日は流れ、柿村さんが書いた『あのときの……』をたまたま読み、それで、あ、こいつだ……って」

「…………」

「もしかしたら、あの不動産屋さんが……」

理屈は合っているが、いくらなんでも、そんなこと。

が、菊田女史の目は、真剣だった。

その目で見つめられると、こっちまで変な妄想に駆られてしまう。

いたたまれない気分になり、私は腰を浮かせた。そして「あ、そうだ」と、何かを思い出した風に手を叩いた。「これから、ヨドバシ書店の担当さんと打ち合わせがあるんだった」

そして、私はそそくさと、席を立った。

4

ヨドバシ書店の担当と打ち合わせがある……というのはもちろん真っ赤な嘘だった。

が、どうして、ヨドバシ書店の名前が出てきたのか。

「あ」

家でカップラーメンにお湯を注いでいたときだった。私は、唐突に思い出した。犬神について、どうしてあんなに詳しかったのか。

「そうだ。尾上さんだ。前に尾上さんの昔のブログを読んでいたら、犬神というワードが出てきて、それで、検索してみたんだった！」

よせばいいのに、パソコンの前に座ると、私はそのときのブログを探した。

「あ、これだ」

私は、そのブログをクリックした。

＋

「あなたの後ろ……左肩に、モヤモヤした黒いものが見える。よくないもの。一刻も早く、取り除いたほうがいい」

そんなことを言われても……。

「いったい、なにが憑《つ》いているんですか？」

「犬よ。犬」

「犬？」

「そう。俗に、〝犬神〟と言われるもので……」

「犬神……」

「一応、私にできる範囲で、お祓いはしてみるけど」

「犬神が、私に憑いているんですか？」

「そう。こんな感じの犬神よ」

おばさんは紙に、私の左肩に憑いているというそれを描いてくれました。

それを見て、私は愕然《がくぜん》としました。

「典型的な、犬神。……でも、なんでこんなものが、あなたに憑いているのかしら？」

おばさんは、言葉を濁《にご》しました。

「とにかく、よくないものよ。取り除いたほうがいい」

「どうやって？」

「うーん」

おばさんが、厳しい顔をしました。

「これに一度取り憑かれたら、完全に落とすのは難しい。……でも、封印することはできないでもない」

そして、おばさんは、私に紫色の数珠をくれたのでした。

＋

聞き慣れた「ぽぽぽぽーん」という機械音がパソコンから聞こえてきた。

メールの着信音だ。

時計を見ると、午前二時過ぎ。

こんな深夜に、誰？　こわばる手を無理に動かしながら、メールを確認してみる。

「え？」

私の体は、完全にフリーズした。


お世話になります。

ヨドバシ書店の尾上です。

先生、分かりました。……というか、思い出しました！

三人目の女の正体が！　とんでもない正体が！

……あ、ごめんなさい、看護師さんの足音が聞こえてきました。メールをしているところを見つかったら、また、怒られてしまいます。

また、メールしますね。

尾上まひる拝

追伸
三人目の女が、先生のところに現れませんように。

イキリョウ

1

お世話になります。

ヨドバシ書店の尾上です。

先生、分かりました。……というか、思い出しました！

三人目の女の正体が！　とんでもない正体が！

……あ、ごめんなさい、看護師さんの足音が聞こえてきました。メールをしているところを見つかったら、また、怒られてしまいます。

また、メールしますね。

尾上まひる拝

追伸
三人目の女が、先生のところに現れませんように。

＋

二〇一九年、十一月のある日のこと。

「え？　なんなんですか、このメール？」

　Ａ社の担当編集者……花本《はなもと》女史に、例のメールをプリントアウトしたものを見せてみた。そして、その経緯《いきさつ》も簡単に説明した。

　神保町《じんぼうちょう》。ペンシルビルの地下にある小さな喫茶店。花本女史と打ち合わせするときは、決まってここだ。

　花本女史は、私の担当者の中では一番の古株で、かれこれ十七年のつきあいだ。

　十七年前は、入社したての新人で、どこか放っておけない危うさを纏《まと》っていたが、今はどうだろう。嵐が来てもびくともしないどっしりとした風格で、どこからどう見ても、ベテランの域だ。

「……いや、このメール、ヤバいですね……」

　花本女史の顔が、一瞬、十七年前の表情に戻る。頼りなげで、喫茶店のウェイターにもおどおどと対応していた、あの表情に。

　私も、頼りなげなため息をつきながら、言った。

「冗談じゃない。サーバーの不具合かどうか知らないけど、過去のメールが何度も何度も送られてきて。送信主は亡くなっているというのに。メールが来るたびに、心臓が凍りつく思い」

「……本当に、ヤバいですね……」

「ヨドバシ書店に連絡しても、つながらなくて。……まったく、腹の立つ」

「……まじで、ヤバいですね……」

　まるで、下から懐中電灯でも当てたかのように、花本女史の顔が、見る見る不気味に歪《ゆが》んでいく。

「……まじで、ヤバいですよ、先生……！」

花本女史が、突然、声のトーンを上げた。その唇は、小さく震えている。

「まじで、ヤバいです！」

その剣幕に、私は、思わずのけぞった。

「な、なに？　どうしたの？」

「私、いい霊能者、知ってます。早速、会ってみませんか？」

「霊能者？」

「はい。なんなら、今すぐにでも」

「今すぐ？　なんで？」

「こういうのは、はやいほうがいいんです。でなければ、取り返しがつかないことに……」

「取り返しがつかない？」

「今すぐ、霊能者に連絡してみます。忙しい人ですが、大丈夫です。なんとか、予定を空けさせます。ですから――」


が、私は、彼女のせっかくの厚意を断った。「今から、用事があるんだよね。……美容室に行かなくちゃ。三ヶ月も前から予約していて。担当はカリスマ美容師。なかなか、予約がとれないんだよね。今日を逃したら、今度はいつになるか……」などと言って、逃げるように席を立った。

それにしても、霊能者って……。

たぶん花本女史は、例のメールになにかしら霊的なものを感じ取ったのだろう。なにしろ、死んだ人からメールが届いたのだ。そう考えるのは、自然だ。

だからといって、霊能者って。それはさすがにやりすぎだし、大袈裟《おおげさ》だ。

ヨドバシ書店の担当の言葉によれば、これは、ただのサーバーの不具合にすぎない。

なんでもかんでも霊的なものと結びつけるのは賛成ではないし、危険でもある。人の恐怖心に付け込んで、金儲《かねもう》けをしようという輩《やから》がこの世にごまんといるのだから。

花本女史には、困ったものだ。

仕事もできるし、面倒見もいいし、性格もいいのだが、ひとつだけ欠点がある。

それは、〝オカルトマニア〟な点だ。

オカルトは私も嫌いではないし、作品もそういうものが多い。でも、花本女史の場合は、度が過ぎているところがある。

本当に、困ったものだ。

2

……困ったものだ。

頭の中でつぶやいたつもりが、ふと、口から飛び出す。

「どうしたんですか？　なにか、お困りですか？」

鏡越しに訊《き》かれて、私ははっと我に返る。

「いや、なんでもないんです。……すみません」

私は、愛想笑いをとっさに浮かべた。

鏡に映るのは、てるてる坊主のような私と、そして髪を赤く染めた女性。

女性の名は、ワダさん。小柄で華奢《きゃしゃ》なイメージだが、このサロンの店長で、カリスマ美容師としても名が知れている、ちょっとした大物だ。本来なら、私ごときが予約できるような相手ではないが、元ファッション誌の編集者だったB社の担当が仲だちしてくれたおかげで、彼女の常連になることができた。さすが、カリスマと言われてるだけあって、そのセンスと技術は抜群だ。彼女の手にかかると、あっという間に魔法がかかる。私も、彼女が担当するようになってから「垢抜《あかぬ》けた」とよく言われるようになった。この歳《とし》で垢抜けたもないもんだが、まあ、そんなことを言われたら、やっぱり嬉《うれ》しい。

さて、今日はどんな魔法をかけてくれるのだろうか？

が、ワダさんの表情は硬い。

どことなく、青ざめてもいる。

疲れているのだろうか？

それとも、やはり私のような年配者相手じゃ、テンションが下がるのだろうか？

私は、再び、愛想笑いを浮かべてみた。

すると、

「〝いきりょう〟って、信じますか？」

と、ワダさんが、唐突に訊いてきた。私はぎょっと身構えた。

「は？」

「ですから、〝いきりょう〟です」

「……〝いきりょう〟って、あの生き霊ですか？　生きている人間の魂が身体を離れて、自由に動き回るという？」

「そうです。まさに、それです。先生は、見たことありますか？」

「……いや」

「わたしは、あるんです。つい、先日のことです」

「……先日？」

「先生、聞いてくれますか？」

その鬼気迫る様子に、私は、「はい。聞きます」と言うしかなかった。

なにしろ、私はてるてる坊主状態。椅子に拘束されているようなものだ。一方、相手が持っているのはハサミ。言うことをきくしかない。

「いったい、なにがあったんですか？」

「えっと……」

ワダさんの視線が、不自然に彷徨《さまよ》う。そして、ハサミを握りなおすと、

「……わたしには、五歳年下の妹がいるんです。半年前、結婚しました。相手は、わたしの大学時代の後輩です」

「じゃ、ワダさんが仲をとりもったんですね」

「そうなりますね」

ワダさんのハサミが、ふと、止まった。そして、ふぅぅぅと息を吐き出すと、

「妹たち、結婚を機に、マンションを借りることになったんですが――」

＋

――妹は南青山《みなみあおやま》、その旦那《だんな》くんは溜池山王《ためいけさんのう》に勤めているので、どちらの勤務先にも三十分程度で通えるような部屋を探していたところ、幸運なことに、理想にぴったりの物件がみつかったんです。

赤坂の、カナダ大使館近くの低層マンションです。

築浅の七十平米2LDK、三階。ハイサッシの窓一面には、公園の緑。そしてウッドデッキのルーフバルコニー。

設備もすごいんです。……オープンキッチンに浄水器にディスポーザーに食洗機。大理石の床に、床暖房に天井カセットエアコンに、さらに、コンシェルジュサービスまで。

買ったとしたら間違いなく二億円近くするような高級仕様の物件でしたが、家賃は二十五万円。破格でした。といっても、妹夫婦の予算は二十万円でしたので、五万円オーバー。それを不動産屋に言うと、二十四万円までならディスカウントできると。

妹は躊躇《ちゅうちょ》しましたが、旦那くんは「借ります！」と、すかさず手を挙げたそうです。予算より四万円オーバーでしたが、旦那くんは大変気に入り、妹の忠告など耳を貸さなかったそうです。

「たかが、四万じゃないか。俺が、ちょっと残業すればすむ話だよ」

と。さらに、

「こんな掘り出し物はないよ。こんな一等地でこれだけのクオリティーのマンションを、二十四万円で借りられるなんて、宝くじにあたったようなものだよ」

その通りかもしれません。だからこそ、妹は躊躇したんだそうです。

不動産に掘り出し物はない。

そんなことを聞いたことがあるからです。

しかも、ディスカウントまでしてくれるなんて。なにかいわく、いわくつきの部屋なんじゃないか？

妹は疑ったそうです。

それを不動産屋に言うと、

「大丈夫です。ここは、築三年の分譲マンション。かつてはオーナー様が住んでおられました。死人も出ていませんし、事故もありません」

それでも信じられない妹は、その場で、某事故物件サイトで検索してみたんだそうです。そう、例のあのサイトです。全国の事故物件を見ることができる、あのサイト。

「ほら、なにも出てないでしょう？」

不動産屋のドヤ顔にイラッとした妹は、さらに詳しく検索しようと、スマホの画面に指を滑らせ続けたんだそうです。事故物件サイトには投稿されていない、隠された事件があるんじゃないか。そう疑いながら、匿名掲示板をあれこれと検索していると、

「実は、この部屋、このあと他に数人、内見の予約が入ってるんですよ」

と、不動産屋。

「え？」慌てる旦那くん。

そんなの、不動産屋の常套《じょうとう》手段だ。焦《あせ》らせて、客の思考回路を麻痺《まひ》させて、なんだかんだと契約させるという、あの手口。妹はそれで一度、部屋選びに失敗していましたので、今度は騙《だま》されないぞ！　と、身構えたんだそうです。

が、それまで実家暮らしで、部屋を借りたことがない旦那くんは、そわそわとするばかり。

「ね、ここにしようよ、ここがいいよ」

いやいや、なにかある。絶対、なにかが。不動産に掘り出し物なんてないのだから。……と言いながらも、妹もだんだん気持ちが傾いていって……。

だって、あまりに理想的な部屋でしたから。ここにソファーを置いて、ここにテーブルを置いて、あの壁にミュシャの絵を飾って……などと、いつのまにか頭の中でシミュレーションがはじまり、もうここしかない……と、妹もようやく大きく頷《うなず》いたんだそうです。

「うん、ここにしましょう」

そうして、その翌月、妹夫婦はその部屋に引っ越しました。

「片付いたから、遊びに来なよ」

妹からそんな連絡が来て、最初に泊まりがけで遊びにいったのが、五ヶ月前のこと。

本当に、素敵《すてき》な部屋でした。芸能人が住むような部屋で、なにより、窓からの風景が素晴らしかった。まるで、森の中にいるようで。

都会のど真ん中で、こんな景色を手に入れられるなんて、奇跡のようでした。妹が妬《ねた》ましいとすら、思いました。

「いつでも、遊びに来てね」

そんな妹の言葉に甘えて、二度、三度とお邪魔したのですが。……どんどん、行くのが億劫《おっくう》になっていったのです。

妹は、わたしが休みのたびに「おいでよ」と誘ってくれるのですが、「用事があって」と、いつのまにか足が遠のいてしまいました。

というのも。

その異変に気がついたのは、二回目の訪問のときでした。

その日、旦那くんは出張で、久しぶりに姉妹水入らずで深夜まで語り合いました。子供の頃に戻ったかのように、パジャマ姿でポテトチップスやらお煎餅《せんべい》やらを食べ続け、気がつけば、深夜一時。

さすがに、あくびがいくつも飛び出して。

見ると、妹のまぶたも重く垂れ下がっていました。

「そろそろ、寝ようか。お姉ちゃんは、ここで寝てくれる?」と、リビングに布団《ふとん》を敷く妹。

そして、「じゃ、おやすみ」と、妹は自分の寝室に行……ったはずなのに、ふと気がつくと、寝ているわたしをじっと見下ろしているのです。

「どうしたの?」

「うん。……ちょっと、やらなきゃいけないことがあって」

「なに?　仕事?」

「まあ、そんなところかな」

それから妹はキッチンに立つと、なにやらごそごそと探し物をはじめました。

妹は広告代理店で働いていて、そういえば、電子レンジの広告を担当していたことを思い出しました。

いやだ、あの子。もしかして、仕事を持ち帰ったの？　だったら、言ってくれればいいのに。

そしたら、今日は、泊まりになんかこなかったのに。

「そっか。私がいたから、仕事できなかったんだね。ごめんね」

言うと、

「ううん、いいの。すぐに終わるから。だから、気にしないで。寝てて」

と、妹の声。

「でも……」

すぐに終わると言いながら、ごそごそと探し回る音はなかなか止まりません。

がちゃ、かちゃっ、こつ、ざり……

かり、かり、すりっ、がちゃ、こつん、がちゃん……

それはかなり耳障りで、わたしは枕で耳を押さえました。それでも、
がちゃ、かちゃっ、こつ、ざり……

かり、かり、すりっ、がちゃ、こつん、がちゃん……

が、耳に忍び込んでくるのです。

寝付けず、何度も寝返りをうつわたしに、

「本当に、すぐに終わるから。気にしないで、寝てて」

と、妹の声。

さらに、

「ないな……どこやったんだろ……ないな……」

と、ぶつぶつと、つぶやきはじめました。

ああ、イライラする。

眠れないよ！　作業するんなら、自分の部屋でやってよ！

これじゃ、全然、眠れない――

が、わたしは、いつのまにかすっかり寝入ってしまったようでした。

気がつくと、朝。

カーテンに、うっすら朝日が滲《にじ》んでいます。

テーブルを見ると、ポテトチップスやらお煎餅の空袋が散乱しています。昨夜《ゆうべ》のまんまです。

キッチンカウンターも、昨夜のまま。

あれ？　あの子、昨夜キッチンでごそごそ、なにかしてなかったっけ？

トイレの水が流れる音がしてきました。そして扉が開く音、続いて、足音がこちらに向かってきて。

「おはよう！」

妹が、ぼさぼさ頭でリビングにやってきました。

「おはよ……」わたしは、啞然《あぜん》と、妹を見上げました。

「お姉ちゃん、どうしたの？　眠れなかった？」

「ううん、よく眠れたよ」

「そう？　でも、目の下にクマができているよ」

「え？」

言われて、わたしは、リビングの壁にかけてある鏡を覗《のぞ》き込んでみました。

あ、ほんとうだ。目の下が真っ黒。

「なんかさ。あたしもよく眠れなかったんだよね」

妹が、ぼさぼさ頭をかきながら、はぁとため息をつきます。

「ここんところ、ずっと眠りが浅くてさ」

「……ね、あんた、仕事は？」

「え？　大丈夫。今日は半休。午後から行けばいいんだ。だから、お姉ちゃん、ゆっくりしていっていいよ」

「ううん、そうじゃなくて。……仕事、持ち帰ったんでしょ？」

「は？」

「だって、昨夜。キッチンで、仕事してたじゃん、わたしが寝ている横で」

「は？　キッチンで？」

「そう。がちゃ、かちゃっ、こつ、ざり……って、なにかずっと探してたじゃん」

「やだ、お姉ちゃん。夢を見たんだよ、夢を」

「夢？」

「そう、夢。……もう、まったくいい加減にしてほしい。お姉ちゃんまで――」

「わたしまで？」

「ううん、なんでもない」

妹は、そう言うと、やおら深いため息をつきました。

その横顔は、まるで別人のようでした。わたしはなんともいえない居心地の悪いものを感じ、妹が引き止めるのもきかず、その日は早々に、部屋を出ました。

それから数日後、妹から「ね、今日と明日、仕事休みでしょう？　今から、泊まりに来ない？」とまた誘いの連絡が入りました。「旦那くんは？」と訊くと、「うん、出張」

また、出張……？

確かに、旦那くんは商社勤め。出張は多いほうだとは思います。だからといって……。

「ね、泊まりに来なよ、ねえったら」

妹の執拗《しつよう》な誘いに、

「うん、分かった。行くね」

わたしは、つい、承諾してしまいました。

本音を言えば、行きたくなどなかったんですけど。

でも、断れるような雰囲気ではありませんでした。妹は、昔からそうなんです。我が強くて。すっぽんのように食らいつき、相手が折れるまで離そうとしません。

そして、その日。

わたしは重い足取りで、妹のマンションに向かいました。

赤坂といえば、キラキラとしたイメージで、まさに東京の一等地。が、実際は坂が多く、妹が住むマンションも、大通りから逸《そ》れた坂の下にあります。

永田町《ながたちょう》、青山通りの整然とした街並みが嘘《うそ》のように、その横道に折れたとたん、がらりと雰囲気も変わります。昔ながらの曲がりくねった細い道があちこちに延び、ちょっとした迷路になるんです。実際、タクシーの運転手も見事、迷いました。ちゃんと、住所を伝えたのに。

運転手が、言い訳するように、ぶつくさと独りごちます。

「おかしいな……。ナビでは、この辺りなんだけど」

が、元の道を戻ろうにも、一方通行。わたしは仕方なく、「あ、あとは、歩いていきますので」と、タクシーを降りました。

前のときもそうでした。ナビ通りに進路をとっていたはずのタクシーは迷いに迷い、何度も青山通りに戻っては、また迷路のような細い道に向かう……の繰り返し。そのせいで、本当なら二千円ぐらいで済むところを、四千円近く料金を取られてしまいました。

今回は、そんな失敗はしない……と、自らタクシーを降りたわたしですが、急に心細くなりました。時間は、夕方。街灯はもちろんありましたが、やたらと暗く感じたのです。ぞわぞわと寒気まで。

わたしは、大急ぎで、スマホで地図を確認しました。

が、住所を入力しても、なんだかよく分からない緑地が表示されるのみ。

もしかしたら、あのマンション、地図にはまだ登録されていないのだろうか？　でも、築三年といっていた。築三年なら、さすがに、反映されているだろう。

小首を傾げながら歩いていると、見覚えのあるエントランスが視界に飛び込んできました。

妹が住む、マンションです。

「なんだか、また、道に迷った」

妹の顔を見るやいなや、わたしは訴えるように言いました。

「タクシーのナビも迷っちゃって。スマホの地図も、あてにならなくて」

「そうか……」妹は暗い顔で答えました。「実は、あたしもいまだに、しょっちゅう、迷うんだよね」

そして、肩を竦《すく》めると、

「まあ、そんなことはいいや。……焼肉しようと思ってさ。お姉ちゃんの好きなカルビ、いいやつ買ってきたよ」

それからは、姉妹水入らずの、焼肉パーティ。

そして、あっと言う間に時間が過ぎ、気がつけば、深夜。

そろそろ寝ようか……という雰囲気になったとき、妹が、唐突にこんなことを言いました。

「先日ね、この部屋の賃貸借契約書をよくよく見てみたんだけどさ」

「賃貸借契約書を？」

「うん。会社に提出したときに」

「家賃補助の手続き？」

「そう」

「あんたんとこの会社、大手でいいよね。家賃の三分の一は補助してくれるんでしょう？　うちなんて、上限三万円。今時、三万円じゃ、風呂《ふろ》なしトイレ共同の四畳半も難しいよ」

「お姉ちゃんのとこ、大手のサロンなのに、案外ケチなんだね」

「大手サロンなんていってもさ。かつかつなのよ。いわゆる、ブラック企業。……わたし、時々あんたが羨《うらや》ましいよ。わたしも、普通に広告代理店とかに就職しておけばよかったって」

「よく言うよ。お父さんもお母さんも反対したのに、大学を中退して美容学校に行く……！って我を通したのはお姉ちゃんのほうじゃん」

「まあ、そうだけど。……で、賃貸借契約書がどうしたって？」

「賃貸借契約書を提出したときに、総務の人に言われたんだ。『大家さん、江戸川《えどがわ》区にお住まいなんですね』って。あたし、そのときはじめて気がついて」

「江戸川区？　でも、ここの大家さん、あんたたちが引っ越してくるまでは、ここに住んでいたんでしょう？」

「うん。不動産屋はそう言ってた」

「港区赤坂にある分譲マンションのオーナーが、……江戸川区？」

なにも、江戸川区を馬鹿にしているわけではなくて。

でも、港区に高級マンションを持っているような人が、江戸川区に住んでいるというのに、ちょっと違和感を覚えたんです。だって、港区と江戸川区ではまるで雰囲気が違う。

「しかもよ。……大家さんの住所、ネットの地図で調べたら、古い木造アパートだったんだよ。……さらに検索したら、不動産サイトにそのアパートの情報が出ていてね。なんと、建てられたのは昭和時代！　しかも、家賃五万円！」

ますます、違和感です。赤坂に、二億円近くするような高級マンションを所有している人が、江戸川区の家賃五万円のアパート住まい？

「大家さんが、なんで、アパート住まいなのか、ちょっと気になってさ。ここんとこ、ずっと考えているんだけど――」

妹が、暗い表情で、またもやため息をつきました。見ていられず、わたしは言いました。

「そんなに気にすることないよ。もしかしたら、もともとそういうマニアなのかもしれないよ」

「マニア？」

「そう、昭和の住環境に憧《あこが》れて、わざわざ古いアパートや一戸建てに住む人がいるんだってさ。そんなような記事、読んだことがある」

「そんなマニアが、……最新の機能を備えたマンションを買う？」

「きっとそれは、節税かなにかなんだよ。……いずれにしても、金持ちの道楽じゃないかな？」

「道楽……」

「こんな一等地に高級マンションを所有しているぐらいだから、金持ちであることには違いないと思うよ。だから、アパート暮らしは道楽なんだよ」

我ながら、無茶苦茶《むちゃくちゃ》な理屈だと思いました。いくらなんでも、ただの〝道楽〟で、わざわざ昭和時代に建てられた木造アパートに住む金持ちがいるだろうか？

「道楽かな……」妹も納得いかないという感じで、首を傾げるばかり。

そんなこんなで、気がつけば、深夜一時。

さすがに、あくびがいくつも飛び出して。

見ると、妹のまぶたも重く垂れ下がっていました。

「そろそろ、寝ようか。お姉ちゃんは、ここで寝てくれる？」と、リビングに布団を敷く妹。

そして、「じゃ、おやすみ」と、妹は自分の寝室に行……ったはずなのに、ふと気がつくと、寝ているわたしをじっと見下ろしているのです。

「どうしたの？」

「うん。……ちょっと、やらなきゃいけないことがあって」

「なに？　仕事？」

「まあ、そんなところかな」

それから妹はキッチンに立つと、なにやらごそごそと探し物をはじめました。

妹は広告代理店で働いていて、そういえば、電子レンジの広告を担当していたことを思い出しました。

いやだ、あの子。もしかして、仕事を持ち帰ったの？　だったら、言ってくれればいいのに。

そしたら、今日は、泊まりになんかこなかったのに。

「そっか。私がいたから、仕事できなかったんだね。ごめんね」

言うと、

「ううん、いいの。すぐに終わるから。だから、気にしないで。寝てて」

と、妹の声。

「でも……」

すぐに終わると言いながら、ごそごそと探し回る音はなかなか止まりません。

がちゃ、かちゃっ、こつ、ざり……

かり、かり、すりっ、がちゃ、こつん、がちゃん……

それはかなり耳障りで、わたしは枕で耳を押さえました。それでも、
がちゃ、かちゃっ、こつ、ざり……

かり、かり、すりっ、がちゃ、こつん、がちゃん……

が、耳に忍び込んでくるのです。

寝付けず、何度も寝返りをうつわたしに、

「本当に、すぐに終わるから。気にしないで、寝てて」

と、妹の声。

さらに、

「ないな……どこやったんだろ……ないな……」

と、ぶつぶつと、つぶやきはじめました。

ああ、イライラする。

眠れないよ！　作業するんなら、自分の部屋でやってよ！

これじゃ、全然、眠れない――

……あれ、この展開。前とまったく同じだ。

そう思ったとたん、わたしは完全に覚醒《かくせい》しました。

そう、わたしは、そのとき間違いなく、起きていたのです。夢ではありません。現実です。

わたしは、恐る恐る、キッチンに視線をやりました。

誰かいます。誰かが、キッチンでなにかを探しています。

がちゃ、かちゃっ、こつ、ざり……

かり、かり、すりっ、がちゃ、こつん、がちゃん……

わたしの全身が粟立《あわだ》ちました。

そして、その瞬間、気を失うように、わたしは眠りに落ちていったのです。

そして、朝。

わたしは妹が起きてくる前に部屋を出ようと、大急ぎで支度にかかりました。

が、トイレの水が流れる音がしてきました。そして扉が開く音、続いて、足音がこちらに向かってきて。

「おはよう！」

妹が、ぼさぼさ頭でリビングにやってきました。

「おはよ……」わたしは、唖然と、妹を見上げました。

「お姉ちゃん、どうしたの？　眠れなかった？」

「ううん、よく眠れたよ」

「そう？　でも、目の下にクマができているよ」

「え？」

言われて、わたしは、リビングの壁にかけてある鏡を覗き込んでみました。

あ、ほんとうだ。目の下が真っ黒。

……あ、これもまた、前とまったく同じ展開——

＋

「先生、どうしました？」

鏡越しに訊かれ、私は、視線をワダさんのほうに移した。

「どうしたもなにも……。結構怖い話ですね、それ。なんだか、汗、出てきちゃいましたよ」

「暑いですか？　扇子、お持ちしましょうか？」

「いえ、大丈夫です。……しかし、キッチンでごそごそ探し物していた人って誰だったんでしょうね？」

「だから、生き霊ですよ」

「生き霊？　誰の？」

「妹のですよ」

「妹さんの……生き霊？」

「他のお客さんに、聞いたことがあります。眠りが浅かったり、うたた寝しているときに、魂が身体から抜けちゃうことがあるんですって」

「まあ、そういう類《たぐ》いの話は、私も聞いたことがありますね」

「でしょう？　妹は、あの部屋に越してきてから、ずっと眠りが浅いって言ってました。だから、知らず知らずのうちに、生き霊を飛ばしてしまったんじゃないかと」

「……それ、生き霊というより、妹さん本人だったりしませんか？　いわゆる、夢遊病というやつです」

「もちろん、それも考えました。だから、わたし、それを確認しようと、先週、妹の部屋に行ったんです。妹の旦那くんがまた出張だというんで、妹から、久々に誘いがありましたので――」

＋

そしたら、また、タクシーが迷っちゃいまして。

二千円で済むところ、五千円も取られました。

一体全体、どうなっているのか。もしかして、なにかいわくがあるのか。

で、気になって、タクシーを降りると早速スマホで検索してみました。マンション名とその住所を。

が、妹が言う通り、なにもヒットはしませんでした。事故物件サイトにも上がってませんでした。

単純に道が迷路のようになっていて、分かりづらい……というだけなのかもしれません。

……と、そのときでした。

「二・二六事件」という単語が、ヒットしたんです。

さらに検索すると、どうやら妹のマンション周辺は、二・二六事件の舞台だったことが分かりました。高橋是清《たかはしこれきよ》ってご存じですか？　二・二六事件のときに自宅で殺害された政治家なんですが、その自宅跡も、近所にあるんです。つまり、歴史的な事故物件が近所にあるんですよ！

さらに、二・二六事件では、たくさんの政治家や警察官が殺され、そして、将校たちが死刑になったと聞きます。

もしかして、それとなにか関係があるのだろうか？　……二・二六事件で命を落とした人の呪いだったりして？

などと考えながらぼんやり立ち尽くしていると、声をかけられました。振り向くと、見覚えのある顔が。

そう、妹の旦那くんでした。

「どうしたの？　出張ではなかったの？」

言うと、

「まあ、なんていうか、その――」

と、どこかの政治家のように歯切れの悪い返事が。

「ま、とにかく、部屋に入りましょうよ」

「いや、それは――」

旦那くんは、散歩を嫌がる犬のように、あとずさりました。

「どうしたの？」

「……実は、帰りたくないんですよ」

「は？」

ピンときました。妹と旦那くんの間に、とんでもない亀裂《きれつ》が入っていることに。

出張というのも、きっと嘘だったのだろう。旦那くんは、家出をしていたに違いない。

そう指摘すると、

「おっしゃる通りです」

と、旦那くんはあっさり認めました。

そして、苦い笑いを浮かべると、

「ああ、なんで、こんなことになっちゃったのかな……。この部屋に越してきてからというもの、いいことがひとつもない」

「そんなことより、なんで家出なんか？」

訊くと、旦那くんは、堰《せき》を切ったように言葉を吐き出していきました。

「だって、あの部屋、居心地が悪いんですよ。なんとも、休まらないのです。眠りも浅く、疲労ばかりがたまって。でも、部屋の外だと嘘のようによく眠れるのです。だから、出張だと嘘を言って、ビジネスホテルに泊まったり、先輩の家に泊まったり。……でも、そのせいで、妻に浮気疑惑をもたれてしまって。毎日、喧嘩《けんか》ですよ」

「浮気は、してないの？」

「……いや、それは――」

「しているんだ」

「結果的にですよ。どうしても家に帰りたくなくて、終電まで飲んでいたことがあって。そしたら、大学時代の先輩が部屋を提供してくれて。それで……」

「それをきっかけに、彼女の部屋に転がり込んだ？」

「まあ、そんな感じです」

「じゃ、今日はなんで戻ってきたの？」

「やっぱり、一度、ちゃんと話し合ったほうがいいと思いまして」

「離婚の話し合い？」

「まあ、そうなりますね」

「でも、実際にここに来てみたら、その一歩がなかなか踏み出せず、マンションの前をうろついていた？」

「……おっしゃる通りです」

「そしたら、わたしの姿が目に入り、声をかけたってことね」

「そうです」

「よし。こうなったら、わたしが間にはいってあげる。第三者がいれば、話し合いも冷静にできるでしょう？」

「そうですかね……」

「だから、とりあえず、中に入ろう？」

と、旦那くんの腕をとったときです。

エントランスの自動扉がすぅぅと開きました。

見ると、扉の向こうに人影が。

妹でした。

凍りつく、旦那くん。私の身体も、かたまりました。

なぜなら、姿形は妹ですが、まるで別人のようだったからです。その証拠に、わたしたちの姿を認めても、妹はなんの反応も示しませんでした。そして、わたしたちのことなど無視して、滑るように坂の上へと向かっていきました。

「……あれ、あれを見てください！」

旦那くんが、真っ青な顔で、マンションの三階を指差します。そこは妹たちが住む部屋のバルコニーでした。

それを見て、わたしの血の気も引きました。

だって、妹がいたんです！

バルコニーのチェアで、うたた寝している妹が！

＋

「……それ、マジな話ですか？」

私は、つい、笑ってしまった。だって、笑うしかなかった。……怖すぎて。

「はい。本当の話です。つい、先週の話です」

ワダさんは、私の頭の上で軽快にハサミを躍らせながら言った。

「じゃ、エントランスから出てきた人物は……？」

「ですから、妹の生き霊ですよ」

「……生き霊。なるほど」私は、またもや、意味不明な笑いを浮かべた。「で、結局、妹さん夫婦は？」

「離婚になると思います。明日《あした》にでも、親族を交えて、話し合いの場が設けられるはずです」

「そうですか。……しかし、妹さん、気の毒ですね……。新婚さんだというのに。……許し難いのは、旦那さんです。なんだかんだ言い訳しているようですが、結局、浮気していたんですからね、新妻がいるというのに」

「旦那くんだって、苦しんだと思いますよ。可哀想に、五キロも体重が減って――」

「いや、それだって――」

「そんなことより、信じますか?」

「え?」

「生き霊」

「…………」

「わたしは、今も信じられなくて。でも、あのとき見たのは、間違いなく、妹の生き霊だったんです」

「…………」

「やっぱり、場所がいけなかったんでしょうか?」

「場所?」

「はい。……妹の代わりに、母があの部屋の解約を申し込んだんですが――」

「部屋、解約したんですか?」

「はい、一昨日《おととい》に。……で、そのとき、不動産屋が、『またか……』って言ったんですって」

「また……ってことは?」

「あの部屋、妹夫婦で五組目だったらしいです」

「五組目？　ずいぶんと多いですね。だって、そのマンション、築三年でしたっけ？　しかも、オーナーも住んでいたんですよね」

「そのオーナーも、入居して一年もしないうちに、出ることになったようです」

「一年で？」

「はい。なんでも、そのオーナー、入居したとたん、交通事故に遭い、長期入院。しかも経営していた会社が傾いちゃったらしく、自己破産寸前までいったそうです。幸い、それは免れたらしいのですが、あの部屋に住み続けることはできず、賃貸に出して、自分は江戸川区のアパートに引っ越したんですって。今は、あの部屋の家賃収入だけで、なんとか暮らしているとか」

「悲惨ですね」

「ほんと、悲惨です。もしかしたら、あの部屋……いえ、その土地そのものに、なにかあるのかもしれませんね。人の運命を変えるような……」

　ワダさんは、ハサミをふと止めると、

「あの部屋にいたから、妹はおかしくなったのかもしれません」

「で、今、妹さんは？」

「入院しています」

「入院？」

「はい。……ちょっと、多めに薬を飲みすぎてしまったのです」

「薬？」

「睡眠導入剤です。不眠症に悩まされていた妹は、病院で処方された睡眠導入剤を日常的に服用していたのですが。……それでも眠れずに、先日、いつもより多めに――」

もしかして、妹さん、自殺しようとした？

そう思ったときだった。

ワダさんのうしろに、誰かが立っていることに気がついた。

ワダさんと同じような背恰好《かっこう》の、ショートカットの女性だ。

スタッフの一人だろうか？　なにか、用事があるのだろうか？

ワダさんのほうをじっと見ている。

が、ワダさんはそれを無視し、私の頭の上でハサミを軽快に動かし続ける。

なんで、無視するのだろう？

ワダさんのすぐ横に、女性が立っているのに。

女性は、ワダさんに気がついてもらおうとでもいうのか、じわじわと距離を縮めていく。

そして、いよいよ、女性の身体は、ワダさんの身体にぴたっと密着した。

それでも、無視するワダさんに、私は、

「あの……」

と、声をかけてみた。

そのときだった。

私は、女性の着ている服が、患者衣であることに気がついた。そう、入院するときに着る、あの作務衣《さむえ》のようなパジャマだ。

なんで？　なんでそんなものを着ているのだろう。

鏡越しに観察していると――

え？

裸足《はだし》？

この人、裸足だ！

なんで、裸足なんだ⁈

呆気《あっけ》にとられているときだった。患者衣の女性が鏡越しに、こちらを見た。

そして、にやりと笑った。

そのとき、私は、すべてを理解した。

「あの……」

私は、凍りついた表情をなんとか動かして、ワダさんに話しかけてみた。

「……ワダさんの妹さんって、ショートカットですか？　いわゆる、セシルカット？」

「ええ、そうですけど……？」

「身長は、ワダさんと同じぐらい？」

「ええ、そうです。わたしのほうがちょっと低いですけど」

「もしかして、妹さん、唇の下にホクロがあったりしますか？」

「はい。……って、どうしてですか？」

「……いえ」

私は、拘束帯をつけられた囚人のように、それからはびくともせずに、口も噤《つぐ》んだ。

ショートカットの女性が、黙れと言うかのようにこちらを睨《にら》みつけたからだ。

そしてショートカットの女性は、ワダさんの首に、自身の両手を絡めた。

3

「……嘘、マジですか……！」

花本女史が、声を震わせた。その目は真っ赤に充血している。

私は、いつもの神保町の喫茶店に、A社の花本女史を呼び出していた。そして、昨日、美容室で体験した一部始終を話した。

「つまり、それって、カリスマ美容師の妹さんが生き霊になって、サロンに現れたってことですか？　しかも、その生き霊は、姉を殺そうとした……？」

「信じたくないけど。……そうなるよね」

「で、その生き霊は、どうなったんですか？」

「カリスマ美容師ワダさんの首を絞めながら、すううと消えちゃったんだよね」

「マジか……」と言いながらも、花本女史の目は爛々《らんらん》と輝いている。「で、首を絞められたワダさんはどうなったんですか？」

「それが不思議なんだけど。私、いつのまにかうたた寝していたようで、ふと気がつくと、全然知らない中年のおっさんが、私の後ろに立っていた」

「おっさんの生き霊？」

「違うよ。美容師。……なんでも、ワダさん、気分が悪くなって、私の髪のカットの途中でバックヤードに入ってしまったようで。で、代打で他の美容師がやってきて、それが、おっさんだった……というわけ。そのおっさん美容師、なかなかユニークなセンスの持ち主で、結局、こんな頭になってしまった――」

私は、かぶっていたニット帽をそっとずらした。

「げっ」という声が聞こえそうなほど、花本女史の口があんぐりと開かれる。

が、すぐに表情を元に戻すと、

「でも、なんで妹さんの生き霊は、ワダさんを殺そうと?」

「これは、私の想像なんだけど。……妹の旦那さんが不倫していた相手って、ワダさんだったんじゃないかと」

「え?」花本女史の目が、さらに輝く。「つまり、姉が、妹の旦那を寝とったってことですか?」

「たぶん。ワダさんは、まるで他人事《ひとごと》のように語ってたけど。ワダさんが妹の旦那の浮気相手だとすると、筋が通るんだよね」

「どういうことです?」

「旦那の浮気相手は、大学時代の先輩ってことだけど。……ワダさんも、旦那の大学時代の先輩だよね?」

「あ、そういうことか……!」

「それに妹が、しょっちゅう姉に泊まりに来いと誘ったのも、旦那と姉の仲を疑ってのことだろうと」

「なるほど！」

「ワダさん、赤坂の妹の部屋で、二度、妹の生き霊を見たって言っていたけど。そのとき、妹の生き霊は、キッチンでなにかを探していたらしい。……もしかしたら、ナイフかなにかを探していたんじゃないかと」

「ナイフを？」

「つまり、姉を殺すための凶器を——」

「ひゃー！　怖い！」

と、二の腕をさする花本女史だったが、その顔はどこか興奮の色で染まっている。「……で、そのカリスマ美容師のワダさんは、それからどうなったんですか？」

「さぁ。どうなったかは、よくは分からない。でも」私は、左肩をこきこきと、上下に動かしながら、「……昨日から、なんだか、肩が妙に重くて。昨夜なんて、あまりに肩が重くて、眠れなかった」

「お疲れなのでは？」

「それもあると思うんだけど。……気になることが」

「気になること？」

「うん。……昨日の美容室で、ワダさんの妹の生き霊が現れたとき、私、なんだか睨まれた気がするんだよね。そして、肩を摑《つか》まれたような——」

「ワダさんの妹の生き霊が、先生の肩を摑んだ？」

「いや、でも」私は、肩をこきこき回しながら続けた。「……よく分からない。もしかしたら、すべて夢だった可能性もある。なにしろ、私、カットの途中で寝てしまったので」

「夢？」

「うん。すべて夢だったのかもしれない。生き霊のことも。そもそも、ワダさんが話してくれた内容も」

「じゃ、赤坂のマンションも？」

「一応、検索してみたんだけど。それらしきマンションはヒットしなかったんだよね。うちの近所みたいだから、実際に探してもみたんだけど……見つからなかった」

「なるほど……」

花本女史が、ゆっくりと腕を組む。そして、

「先生、やっぱり、みてもらいませんか？　霊能者に」

「霊能者？」

「はい。絶対、みてもらったほうがいいですって！　でないと、取り返しがつかないことになんなら、明日にでも！」

私は、待ってましたとばかりに、

「ぜひ、お願いします」

と、深々と頭を下げた。

チュウオウセン

二〇一九年、十一月のある日のこと。

その日、私は中央線快速に乗っていた。隣に座るのは、A社の担当編集者……花本女史。

「……なんか、ヨドバシ書店、危ないみたいですね」

花本女史が、出し抜けにそんなことを言った。

新宿を出て、約五分。中野《なかの》を過ぎた頃だった。

「危ないって？」

スマートフォンでエゴサーチしていた私は視線を上げ、花本女史を見た。その横顔は、どこか冷ややかだ。

「ですから、倒産ですよ、倒産」

「倒産？」私は、スマートフォンの画面から指を浮かせたまま、「まさか。新書だって好調だし、なにより、新社屋に移ったばかりじゃない」

言ってはみたが、新社屋に移ったとたん、経営が傾いた会社は少なくない。例えば、山一證券。その前から悪い噂《うわさ》があり、新社屋に移転してすぐ、それらが最悪の形で露呈したのだ。

ヨドバシ書店も、いい噂を聞かない。社員の死亡が相次いでいる。

「……呪われているのかもしれませんね、ヨドバシ書店は」

そして花本女史は、なにやら意味深な様子で、「はぁぁ」とため息をついた。

今日の花本女史は、なにかおかしい。いつもは休む間も無く唇を動かし、なにか言葉を発している。こちらの頷《うなず》きが追いつかないほどに。

が、今日の花本女史は言葉少ない。なにか話し出したとしても、すぐに唇が止まってしまうのだ。

やはり「お祓《はら》い」なんて、馬鹿馬鹿しいお願いだったのだろうか？

そう、私たちは今、国分寺《こくぶんじ》に住む「霊能者」に会いに行く途中だった。

ここ最近、私の周りで奇妙なことが続き、さらに左肩の謎の疼痛《とうつう》。いつもの鎮痛剤を飲んでもまったく効かない。これは、なにかおかしい。もしかしたら変なものが憑《つ》いている可能性もある。そんなことを思ったら、居ても立ってもいられなくなった。だから、花本女史にお願いして、「霊能者」を紹介してもらうことになったのだ。そして、「お祓い」をしてもらうことに。

いや、でも。「私、いい霊能者、知ってます。早速、会ってみませんか？」と、先に言ったのは、花本女史のほうだ。しかも、「こういうのは、はやいほうがいいんです。でなければ、取り返しがつかないことに……」。さらに、「今すぐ、霊能者に連絡してみます。忙しい人ですが、大丈夫です。なんとか、予定を空けさせます。ですから――」

そう急《せ》かしたのは花本女史のほうだ。むしろ私は花本女史に煽《あお》られて、中央線に乗ったようなものだ。

なのに。

私は、花本女史の横顔を見つめた。いったいなにを考えているのか、その目は虚《うつ》ろだ。

「……呪いといえば」

花本女史が、再び、口を開いた。

阿佐ケ谷《あさがや》を過ぎた頃だった。

「中央線って、飛び込み自殺が多いというじゃないですか」

「ああ、そういう噂をよく聞くね」

「なんでだと思います？」

「え？　自殺の理由？」

私は、慌ててスマートフォンに指を滑らせた。そして、「中央線　自殺」というワードで検索。

……かなりの数がヒットした。その中の適当なひとつを選択してみる。

「……へー。なるほど。二〇一八年の路線別鉄道人身事故ランキングでは、中央本線、中央快速線合わせると、ダントツの一位だ」

中央快速線だけでも、年間三十三件。単純計算で、一ヶ月で三件弱。

「一九九五年の十月十二日なんか、凄《すご》いです。午後六時から十時にかけて、立て続けに三人の方が、自殺していますよ」

花本女史が、ちらりとこちらを見て、言った。そして、

「新宿駅で男性がホームから飛び降り、阿佐ケ谷駅の近くの線路に女性が飛び込み、阿佐ケ谷駅のホームから女性が飛び込んだんです」

と、やはり虚ろな目で言った。

「……詳しいね」

私は、唖然《あぜん》として花本女史を見た。

「実は、私の自宅、中央線沿線なんですよ。それで、ずっと、中央線を使っていました」

「そうなんだ」

「一九九五年当時、私は十七歳、高校二年生でした。新宿にある高校に通うために、中央線を利用していたんです」

一九九五年当時、十七歳か。私は、当時三十一歳。こうやって考えると、割と歳《とし》が離れているんだな……などと考えている間にも、花本女史の話は続く。

「……その年の十月十二日は、木曜日。なんだかんだと、ついていない日でした。朝から母と喧《けん》嘩《か》するわ、そのせいで学校には遅刻するわ、散々でした。帰りだって――」

いつもの花本女史に戻ったようだ。その口から、水が流れるように言葉が飛び出す。

「――そう。学校が終わって、中央線に乗っていたんです。ところが、中野駅で動かなくなったんです。待てど暮らせど、電車は動く気配はない。その日は三鷹《みたか》にある予備校に行く日で。遅刻だ。……そう思うと、私まで死にたい気分になって。……たぶん、あの日、電車を待っていた何人かは、私と同じような暗い思いに駆られたんではないでしょうか」

「死にたいと？　つまり、自殺したいと？」

「はい。あの日、自殺が三件も立て続けに発生したのは、そういう心理的な連鎖があったんじゃないかと思います」

「なるほど。自殺は、伝染すると言うしね」私が言うと、

「自殺は伝染する?」と、花本女史の目がきらりと光った。

「そう、伝染。心理的な作用。例えば、有名人が自殺したりすると、後追い自殺する人が多発するでしょう? 自殺の名所なんていう場所ができるのも、結局のところ、心理的な効果によるもの。……つまりウェルテル効果が大きいんじゃないかと」

「ウェルテル効果?」

「そう。自殺報道に影響されて、自殺する人が続出することを言うんだけど。ゲーテの『若きウェルテルの悩み』が由来」

「ああ……なるほど――」花本女史が深く頷いた。「あの小説では、ラスト、主人公のウェルテルが自殺するんでしたっけ」

「そう。その主人公を真似て自殺する若者が、出版当時、続出したんだって。つまり、小説という〝媒体〟によって自殺が拡散され、それに影響された人々が多数発生した。その現象にちなんで、『ウェルテル効果』という名前がつけられたんだとか」

「日本でも、似たようなことがありますよね……!」花本女史が、軽快に指を鳴らした。その表情は、いつもの愉快な花本女史だ。「古くは、近松門左衛門《ちかまつもんざえもん》の心中もの。あの話に感化されて、多くの若者が心中します。幕府が心中禁止令を出すほどに。……時代はくだって、昭和。女学生二人が、立て続けに三原山《みはらやま》火口に投身自殺したそうです。それが大々的に報道されると、百人以上の若者が次々と三原山の噴火口に飛び込んだんですって。……さらに昭和の終わり頃、アイドルが飛び降り自殺したときも、同じようなことが起きています」

「どれも共通するのは、影響されて自殺するのは若者で、そして自殺の手段も模倣するという点だね。『若きウェルテルの悩み』に影響されて自殺した人々も、みな、ウェルテルと同じように、拳銃《けんじゅう》自殺だったみたいだよ」

「つまり、先生がおっしゃりたいのは、中央線で自殺者が多発するのは、『中央線で自殺した』という報道が、さらなる自殺者を生んでいると？」

「あと、『中央線では自殺が多い』というイメージも、さらなる自殺者を生んでいるような気がする」

「まさに、負の連鎖ですね」

「そう、負の連鎖。……それが一番の原因でしょうね」

「いずれにしても——」

花本女史が、突然口を閉ざした。

と、同時に、電車は三鷹駅に到着した。

しばらくは、人の乗り降りを眺めていた女史だったが、

「三鷹といえば、太宰治《だざいおさむ》。彼の影響もあるのかな……」

「え？」

「……太宰治が、三鷹の玉川上水《たまがわじょうすい》で入水《じゅすい》自殺したあと、やはり、若者の間で入水自殺が大ブームになったんだとか。……ブームというと、なんだか不謹慎ですが」

「でも、自殺をファッションと捉《とら》える若者もいたでしょうから、ブームで間違いないと思う」

「いずれにしても、太宰治といえば、自殺。そんな太宰治が住んでいた三鷹駅がある中央線に、〝自殺〟のイメージがついたのは、偶然ではないような気がします」

そして、花本女史は、またもや言葉を止めた。

……やはり、今日の花本女史は、なにかおかしい。感情に波がある。

いつものように軽快に話していたかと思えば、黙り込む。そんなことが、新宿を出てから続いている。

なんだか、やりにくいな……と、私はスマートフォンにすがった。

すると、

「私の実家、ここにあったんですよ」

と、花本女史が、唐突にぽつりと言った。

見ると、武蔵境《むさしさかい》駅だ。

「武蔵境駅から、バスで十分ぐらいのところに、私の実家がありました」

「ありました……ということは、今は？」

「ありません。引っ越しましたので」

「ああ、そうなんだ」

「………」

そして、またもや花本女史は、黙り込んでしまった。

本当に、やりにくい。このままでは、目的地に着く前に、気疲れで心身ともにヘトヘトになってしまう。しゃべるならしゃべる、沈黙するなら沈黙する。どちらかにしてほしい。よし、こうなったら……と、私は、スマートフォンに没頭する体《てい》を装うことにした。そうすれば、花本女史が突然しゃべり出しても、上手にスルーすることができるかもしれない。

「あ、もしかして！」

が、今度は私のほうが、唐突に声を上げてしまった。

「一九九五年といえば、阪神・淡路《あわじ》大震災があった年だ。そして、地下鉄サリン事件も……」

「え？」

花本女史の視線が、ゆっくりとこちらに向けられた。

「だから、この年は、阪神・淡路大震災と地下鉄サリン事件という、大きな事件が立て続けに起きたでしょう。どちらも報道で大きく取り上げられ、連日、どのメディアもそのニュースで溢《あふ》れかえった。それが、人の心理になにかしらネガティブな影を落とした可能性がある。……もしかしたら、中央線だけじゃなくて、日本各地で同じようなことが起きていたかもしれないよ？……自殺の統計がどこかにないかな——」

と、スマートフォンの画面をたったたったとタップしていると、

「テレサ・テン——」

と、花本女史が、呟《つぶや》いた。

＋

テレサ・テンが亡くなったのも、この年です。

そう、五月の八日。

ゴールデンウィーク明けの月曜日のことです。

その日、母はひどく機嫌が悪かった。それでなくても連休明けの月曜日、憂鬱《ゆううつ》な気分にどっぷり浸《つ》かっていたというのに、母のヒステリーで、私はヘドロの沼に沈めこまれたような気分でした。

私は、母が大の苦手でした。というか、嫌いでした。憎んでいた……といっても言い過ぎではありません。

その頃になると、ろくに口も利いていなかったと思います。母も母で、私に視線を合わすことがほとんどなくなりました。まるで仇同士《かたき》。刺々《とげとげ》しく、ギクシャクとした空気が、私たちの周りを常に覆っていました。

そんな私たちの緩衝材になっていたのが、叔母《おば》です。

叔母は、母の妹です。

母は割と早く結婚したのですが、叔母は、ずっと独身を貫いています。特技を活《い》かした商売が繁盛し、経済的にも潤っていましたので、結婚する理由がなかったのかもしれません。

そんな叔母が、私は大好きでした。叔母も、私をとても可愛《かわい》がってくれて。母に叱られると、必ず叔母に慰めてもらったものです。

母と叔母は、姉妹だというのに、まったく似ていませんでした。

母はどちらかというと激情型。感情の起伏が激しく、思ったことをすぐに口にするタイプです。

一方叔母は、熟考型。常に冷静に観察し、深く考えたのちに、最善の言葉を口にします。

『風と共に去りぬ』に喩《たと》えると分かりやすいでしょうか。母はスカーレットで、叔母はメラニー。

事実、母は派手な顔立ちをしていて社交的、若い頃は言い寄る男も多かったと、よく自慢していましたっけ。

一方、叔母の顔立ちは、地味で素朴。異性関係の話もまったく聞きませんでした。

二人は、容姿も性格もまるで似ていませんでしたが、とても仲のいい姉妹でした。

なんでも、小さい頃に両親を亡くし、姉妹そろって親戚《しんせき》の家に預けられていたんだそうです。

そして、二人肩を寄せ合い、励まし合いながら、いろんな理不尽に耐えたんだとか。

そのせいか、二人は、ちょっと距離が近い感じがしました。しょっちゅう電話をし、長いときは三時間ぐらい、電話でおしゃべりしていましたっけ。そして、私が幼稚園の頃でしょうか。それまで静岡に住んでいた叔母が、いよいよこちらに越してきました。母が、電車で数分の場所に古い貸家を見つけて、そこに叔母を住まわせたと聞きました。

母は、その家に入り浸りでした。なにかあると、すぐに叔母の家に行くんです。叔母も叔母で、なにかあると、すぐにうちに飛んできました。

小さい頃は、叔母のことを二番目のお母さんだと思い込んでいたほど、叔母は私たちの家族によりそっていてくれたのです。

＋

「なるほど。お母さんにとっては、頼れる妹」

私が口を挟むと、

「私も、叔母にべったりでした」

と、花本女史は、なんとも優しい表情で言った。「叔母は、母以上に私のことを可愛がってくれて、そして、心配もしてくれていました。親子以上に親子だねって、父が意地悪を言うほどでした」

「叔母（伯母《おば》）が姪《めい》っ子や甥《おい》っ子を異様に可愛がるのは、人間の本能なんでしょう。特に、子供をもたない叔母（伯母）ほど、そういう傾向にある。……まあ、自分が子孫を残せない分、自分の血が入っている甥や姪を可愛がる……ということなのかもしれないね。遺伝子の戦略……というやつ」

「まあ、そういうこともあるかもしれませんが。……でも、うちの場合、ちょっと事情が違うかな。うちの母が、母親に向いてないというか、子育てが苦手というか。なんか、私に対して、距離があったんですよね。それを見兼ねた叔母が、私に手を差し伸べてくれた……ということかもしれません」

「叔母さんは、母性本能が強い人だったんでしょうね」

「一方、母は母性本能に欠けていた。……皮肉ですよね。母性本能が希薄な母の方が妊娠するんですから」

＋

私が、小学三年生の頃でしょうか。母が、妊娠したのです。

悪阻《つわり》がひどくて、家事もままならない。毎日機嫌も悪くて、感情も乱れに乱れて、私と父は腫《は》れ物に触るように接していました。

それでなくても母は激情型なのに、ますます性格が荒くなりまして。私、しょっちゅう、怒鳴られていました。

私も気が強いほうなので、怒鳴られたら、すかさず反論していました。……まるで、スケバンの抗争のようだと、父がよく愚痴ってましたっけ。

ひどいときなんて、一日中、喧嘩。

私の心も荒《すさ》んでいきました。

母と喧嘩しながら、「叔母さん、早く来て」と、心から祈っていたものです。叔母が来ると、母の機嫌は途端によくなったものですから、とにかく、私には叔母が必要だったのです。

母のヒステリーは、日に日に酷《ひど》くなりました。私は耐えられず、電車もまだ動いていないような早朝に、駅まで叔母を迎えに行ったものです。忠犬ハチ公のように何時間も叔母を待ち続けたのです。

叔母は、そんな私を、とても不憫《ふびん》がってくれました。そして、駅近くの喫茶店に連れていくと、「お母さんには内緒ね」と、大好物のナポリタンを奢《おご》ってくれました。

「お母さんはね、悪阻がひどいのよ。悪阻ってね、本当に辛《つら》いものなのよ。だから、つい、あなたにあたってしまうんだと思う」

叔母は、ナポリタンを頬張《ほおば》る私を見守りながら、そんなことを言いました。続けて、

「今度生まれて来る子は、男の子かしら、それとも女の子かしら。……男の子がいいわね。だって、お姉ちゃん、言っていたもの。もう、女の子はこりごりだって」

そう言ったあと、叔母は、「あっ」という顔をしました。「パフェ、食べる？　それとも、プリン？」と、誤魔化《ごまか》しましたが、もう手遅れです。

私は、しっかり聞いてしまいました。

「もう、女の子はこりごり」と。

つまり、母は、女の子である私に対して、「こりごり」だと思っているということです。

その言葉は、私の中でわだかまりになりました。

確かに、それまでも仲のいい親子とは言いがたいものでした。でも、私は母をどこかで好きだった。

が、「こりごり」という言葉を聞いたとき、母が得体の知れない人物に思えてきたのです。母は、私を厄介者だと思っている。そう考えるだけで、体が凍りつく思いでした。

それからというもの、私は、母に対してすっかり壁を作ってしまいました。

母がどんなに怒鳴っても、叩《たた》いても、その壁が壊れることはありませんでした。それどころか、ますます高く、厚くなっていくのです。

そんな私に対してイラついたのか、あるとき母は、テーブルの上に並んだランチを、すべて台無しにしてしまったことがあります。

それは、日曜日の昼下がり。叔母がいつものように遊びに来ていて、父も久しぶりに家にいて、そして私もテーブルについていました。

出されたのは、私の大好きなナポリタン。でも、それはひどい代物でした。まるでソフト麵《めん》のようなふにゃふにゃのパスタに、苦くて硬い玉ねぎとピーマン、そして生焼けのベーコン。なにもかもが中途半端で、あまりにまずくて、私は口に入れた途端、すべて吐き出してしまったのです。

「なんで食べないの！　あんたがナポリタンを食べたいっていうから！」

母の怒りが爆発しました。そして、

「食べないなら、食べなくていい！」

と叫びながら、テーブルの上にあるものを片っ端から、床に投げつけていったのです。

飛び散るケチャップ。それは、まるで血のようでした。

返り血を浴びたような叔母の顔が、まず目に入りました。

その表情はとても悲しそうで、今にも泣きそうでした。が、叔母はケチャップを拭《ぬぐ》いながら、ニコッと笑うのです。さらに、

「お姉ちゃん、大丈夫だよ、大丈夫だから。あたしがついているじゃない。……あたしが、ついているから、大丈夫だよ」

そして、叔母は母を抱き寄せました。母も叔母を強く抱きしめて、赤ん坊のように泣きじゃくりました。

そんな二人を前にして、父は固まり、私も足が竦《すく》み、動くことができません。

「あ」

まず、その異変に気がついたのは、父でした。父の視線を追うと、母の足元にも大量のケチャップが。

……いえ、ケチャップではありませんでした。血でした。

母の性器から流れ落ちた、血でした。

＋

「……え？　つまり、流産？」

思いがけずハードな展開に、私の足まで竦んでしまった。

「はい。そうです」花本女史が抑揚もつけずに言った。「……どうやら、男の子のようでした。つまり、私にとっては、弟」

私は、途方にくれた。「……それは、残念でしたね」そう言うのがやっとだった。

「確かに、残念でした。……弟がちゃんと生まれていたら、もしかしたら、両親も離婚することはなかったと思いますから」

「え？　ご両親は離婚を？」

「はい。母が流産した翌年に」

「………………」なんと返したらいいか分からず、私は、車窓の外に視線を移した。

武蔵小金井《むさしこがねい》を過ぎたところだった。

「ああ、武蔵小金井といえば。今年の三月に不思議なニュースがあったよね――」私は、強引に話をすり替えた。「特急あずさだったかな。運転士が、武蔵小金井のホームから人が飛び降りるところを目撃し、非常停車させた。ところが、負傷者も遺体も見つからず。車両にも損傷はなく――」

「ああ、その事件。覚えています。確か、車載カメラにもなにも写ってなかった……ということで、幽霊か？　と話題になりましたよね。ただ、線路に人が横たわっていたところがカメラに残されていた……と報道する媒体もあり、なにが真実なのかよく分からないまま、有耶無耶《うやむや》になったんですよね」

花本女史が、再びいつもの調子を取り戻した。

「叔母も、武蔵小金井に住んでいたんですよ」

が、またもや、〝叔母〟の話に戻ってしまった。

＋

父と母が離婚し、母と私は叔母が住む武蔵小金井の一軒家に転がり込みました。

当時で築三十年以上は経《た》っている古い家でしたが、インテリア好きの叔母があれこれと工夫して、北欧調のおしゃれな家に仕上げていました。

叔母は母に言いました。

「ね、ここを改造して、一緒にカフェをやってみない？」と。

今でいう古民家カフェを提案してきたのです。

母は大乗り気でした。もともと、インテリアとか雑貨とかお茶とかイギリスとか北欧とか大好きなんです。

でも、私は思いました。……賃貸なのに、改造なんてして、大丈夫なの？　と。

ところが、大家はそれを快諾、あれよあれよと言う間に、古民家カフェが完成しました。カフェそのものは赤字続きのようでしたが、叔母には本職があるし、母は父から慰謝料と私の養育費をもらっていましたから、なんとか人並みに生活することはできました。

……でも、母と私の仲は、相変わらず冷めたままでした。

直接話すことはなくなり、なにか用事があるときは、お互い、叔母を仲介する始末。

それでも、私はまだ、母のことを視線で追っていました。

片や、母の視界の中には、私なんて映っていなかったと思います。

母は、カフェのほうに夢中で。

「私の夢は、カフェを開くことだったのよ。夢が叶《かな》ったのよ！」

と、毎日、歌うように踊るように、店内を駆け回っていましたっけ。

やっぱり、父のほうについていけばよかった。……そう何度も思いましたが、父は離婚してすぐに他の女性と結婚、子供も儲《もう》けましたので、私なんかただの邪魔者です。

そう、私は邪魔者。

私なんか、生まれてこなければよかった。私なんて、誰にも必要とされていない。私なんて
——

そう落ち込む私に、叔母はいつでも優しく語りかけてくれました。

「大丈夫よ。あたしがついているから。……あたしがついているから」

その頃になると、叔母がすっかり母親代わりでした。なにか悩み事があると私はまず叔母に相談し、なにか嬉《うれ》しいことがあると、まず叔母に報告しました。学校の行事に参加するのも叔母で

した。

叔母の姿が見えないと、とてつもなく不安でした。

叔母の声が聞こえないと、とてつもなく寂《さみ》しかった。

そうして高校に上がる頃になると、私の視界は叔母で埋め尽くされ、母の姿はすっかり消えてしまったのです。

同じ屋根の下で暮らしているというのに。お互い、その存在をすっかり消していたのです。

その頃、カフェはまるっきり様変わりしていました。スナックになっていたのです。

スナックにしたとたん、大繁盛。最新式のカラオケシステムを導入したせいか、近所のおじさんたちが、わらわら集まってきていました。

母の雰囲気もがらりと変わってしまいました。化粧が厚くなり、服装も派手に。そして、「テレサ・テン」のナンバーをよく歌うようになりました。

特に、『ホテル』というナンバーが十八番《おはこ》で。

『ホテル』というナンバーは、言うまでもなく、不倫ソングです。……なにか、いやな予感がしました。

「……お姉ちゃん、お客さんと不倫しているみたい」

叔母は、あるとき、独り言のように囁《ささや》きました。

「ね、あなたのお母さん、不倫しているのよ。どうする？」

どうするって……。

「お姉ちゃん、その人と一緒になりたいみたいなの。……どうする？」

叔母は、毎日のように囁きました。叔母も叔母で、相当悩んでいたんだと思います。

「このままでは、不幸になる。……地獄に堕《お》ちる」

そんなことまで言い出すようになって。

さらに、

「あなたにも、そろそろ、本当のことを話しておいたほうがいいわね――」と、前置きすると、

「――あたしたちの母親……つまり、あなたのお祖母《ばあ》ちゃんは、結婚しないで、あたしたちを産んだの。父親には他に家庭があってね。つまり、あたしたち姉妹は、不義の子供なのよ。……言うまでもなく、奥さんの恨みを買ってね。その人は、ある人に頼んで、あたしたち家族に呪いをかけた。

子々孫々、世間的な幸せを手にできない呪いをね。……不幸になる呪いをね。

その呪いがきいたのか、父親は事故に巻き込まれて、死亡。母親も、交通事故で死んだ。そして、あたしたち姉妹だけが残されたの。親戚の人は言ったわ。

『呪われた子供なんかと一緒に暮らせない』って。

それで、あたしたちは親戚の間をたらい回しにされたの。

あたしたち姉妹は、誓ったわ。呪いなんて吹っ飛ばして、絶対、幸せになろうねって。そして
お姉ちゃんは、その言葉を実現しようと、高校を卒業するとすぐに結婚した。

……でも、その結果がこれよ。結局離婚しちゃった。やっぱり、呪いは続いているんだと思う。

しかも、お姉ちゃんたら、母親と同じようなことをしようとしている。

家庭がある男性と、一緒に暮らそうとしているのよ。そんなことをしたら、新たな呪いが生ま

れる。

……ね、どうしよう？　このままでは、お姉ちゃんだけじゃなくて、あたしたちまでもが、不幸になる。……地獄に堕ちてしまうのよ」

叔母のこの囁きは、ほとんど毎日のように繰り返されました。

気がつけば、一九九五年。

阪神・淡路大震災、地下鉄サリン事件……と大きな事件が続いたけれど、私はそれどころじゃなかった。母の不倫と、そして〝呪い〟のほうが気になって気になって。

そして、その年の五月八日。

テレサ・テンが亡くなった……というニュースがテレビで報道された。その日からやけに、母が優しくなったんです。

なにかと話しかけてきたり、洋服を買ってきたり。

なんだろう？　ちょっと気持ち悪い……って思っていたときです。

母の姿が消えたのです。テレサ・テンが亡くなった、二週間後のことです。

残されたのは、一通の遺書。

＋

「……遺書⁉」

私は、思わず声を上げた。車内の視線が一斉に注がれる。

「遺書って――」私は、今度は耳打ちするように、小さな声で訊《き》いた。「……お母さん、自殺なさったの？」

「はい。遺書には、不倫相手の人と一緒に死ぬって書いてありました」

「……心中ってこと？」

「はい。心中です。叔母がいち早く遺書に気がつき、追いかけました。叔母には見当がついていたようでした。西新宿の高層ホテルで心中するつもりだって」

「西新宿の高層ホテルって。まさか。……昭和時代、人気俳優が飛び降り自殺した、あの？」

「はい。隠れた自殺の名所になっている例のホテルです」

「で、お母さんは？」

「叔母の機転のおかげで、心中する手前で、引き止めました」

「……ああ、よかった。じゃ、未遂だったんだ」

「はい。すったもんだの末、その年の暮れに母とその不倫相手は別れ、男は家庭に戻って行きました」

「よかった……」

「今、気がついたんですけど、母が心中しようとしたのは、もしかしたら、テレサ・テンの死亡の報道も影響しているかもしれません」

「え？」

「先生、さきほどおっしゃったじゃないですか。自殺は伝染するって」

「でも、テレサ・テンは自殺ではないよね？　病死だよね？」

「ええ、一応は病死ってことになっていますけど。でも、当時もいろんな噂が出回ったじゃないですか。暗殺説とか、自殺説とか」

「まあ、いまだに、謎の死……とか言われているけれど」

「母なんかは、『テレサちゃんは、きっと自殺だわ』って、信じてました」

「……それで、お母さんも死にたくなった？　で、心中しようと？」

「はい。しかも母は太宰治の大のファン。特に『人間失格』と『斜陽』が好きで、繰り返し読んでいました。もともと、自殺願望がある人だったのかもしれません。それに――」

「それに？」

「心中未遂騒動の前に、西新宿の例のホテルに行っていたようなんです。叔母の仕事の手伝いで」

「叔母さんの仕事の手伝い？」

「はい。当時、叔母は、そのホテルの一室で、月に一度、勉強会を開いていました」

「勉強会……」

「いずれにしても、太宰治によって植えつけられた自殺願望。それが、テレサ・テンの死、そして自殺の名所となった例のホテルに触れたことによって、大きく膨らんだんじゃないかと」

「なるほど」

「……実は、私も、母の心中騒動のあと、何度も自殺衝動に駆られたものです。一九九五年十月十二日、中央線で自殺が相次いだあの日も、私、死のうとしたんです」

「……え？」

「今となっては本当に不思議なんですが。あのとき、私たち親子は、間違いなく死神に取り憑かれていました」

「死神……」

「叔母は、母の不倫相手が原因だと言いました。相手は小説家崩れの冴《さ》えない高校教師でした。あの男のせいで、母と私は暗示にかけられたんだって」

「……暗示」

「事実、母があの男と別れたあとは、嘘《うそ》のように、母も私も自殺願望はなくなりました。母に至っては、あの心中未遂騒動そのものをリセットしてしまったようで、まったく覚えてないんですよ」

「まったく、覚えてない？」

「はい。一種の、健忘症なのかもしれません」

「で、そのお母さんは、今は？」

「去年、亡くなりました」

「え？　そうなの？……ごめん、まったく知らなかった」

「ああ、いいんです。気になさらないでください。私も疎遠だったので」

「疎遠だったの？」

「はい。私が高校三年生のとき、つまり、母が心中未遂を起こした翌年、父親のほうに引き取られたんです。で、そのあとは、父の家族と一緒に暮らしています。なので、私も母とはずっと疎遠だったんですよ」

「あ、じゃ、結局、お父さんのもとに？」

「はい。もっと早くからそうしていればよかったです。父の再婚相手の女性はとてもいい人で、妹と弟もとてもいい子なんです。私、ようやく普通の家庭を手に入れたな……って。私の自殺願望もすっかり消えて、そのあとは充実した人生を送っています。たぶん、もう呪いは消えたんだと思います」

「……なるほど」

しかし、ハードな話だ。

なんだって、こんな話を、花本女史はするんだろうか？

私は、つくづくと、花本女史の横顔を見てみた。

すると、花本女史の視線もこちらに飛んできた。そして、

「……ずっと迷っていたんです」

「え？」

「こんな話をしていいものかどうか」

「…………？」

「今日の話、どうか、先生のネタにしてください」

「……は？」

「……だって、先生、最近、書くネタにお困りなんでは？」

言い当てられて、私の顔が熱くなる。

確かに、私は最近、スランプ気味だ。だから、書いても書いても、なにかピンとこない。結果、

売れない。

　そんな状態が、ここ数年続いている。

　このままでは、小説家としては生き残れない。いや、すでに、消えかかっているのでは？　そんな不安が、私の顔の周りを小蝿のように飛び交っている。

「だから、エゴサーチもやめられないんでは？」

　言い当てられて、さらに私の顔は熱くなる。

「エゴサーチして、自分の名前を見つけてはホッとしているのでは？」

　その通りだ。が、エゴサーチしても、年々、ヒット数は減っている。このままではいつか、まったくヒットしなくなるんじゃないか？　という恐怖が、私の日常を脅かしている。

「先生はもともと、実際に起きた事件や事象を元ネタに、創作してきましたよね？　そのせいか、先生の作品には、圧倒的なリアリティが漂っていました」

　花本女史が、編集者の顔で言った。「――でも、最近の先生の作品には、なんていうか、リアリティが欠如しているんです。私、それがずっと気になっていて。……担当編集者としてではなく、先生のいちファンとして、これじゃいけないって、思ったんです」

「…………」

「それで、私、いろいろ考えて。……私の体験談を聞いてもらおうと思ったんです。……でも、なかなか言い出せなくて」

　それで、さっきから、様子がおかしかったのか。しゃべってみたり、黙りこくってみたり。

　が、そんなのは余計な御世話だ。

私は、怒りを込めて、言った。

「……私のところには、毎日のように、『私の体験談を小説にしてください』というような手紙が届く。が、それはどれも、箸棒《はしぼう》。つまり、箸にも棒にもかからない。自分では、とっておきのネタだと思っているのかもしれないけれど、それは大概、ありふれた、どこにでもあるようなお話なんだよね。あなたの話もそう。とてもとても、小説の〝ネタ〟になんかできやしない。小説を馬鹿にするなって話よ。あなたの話もそう。結局、毒親の話じゃない。〝呪い〟でもなんでもない。毒親が元凶。その証拠に、毒親と別れたらすべてが解決したでしょう。……そんな話、ネットには掃いて捨てるほどある。そんなのをネタにしたら、かえって笑いものだ」

「おっしゃる通りです。……ただの毒親の話なら、どこにでもあります」

「……え？」

「さっきの話には続きがあります」

＋

父に引き取られてからは、叔母とも疎遠になっていました。年に数回の挨拶《あいさつ》メールと、そして、年賀状のやりとり。それぐらいでした。どれも、私が先にアクションを起こして、叔母がそれに応《こた》える……という感じです。年賀状ですら、こちらが出さないと、返事はありませんでした。

つまり、叔母にとって私は、それだけの存在に成り下がったということです。

以前は、あれほど私を慰め、私を可愛がってくれたのに。母以上に、母親の役目を果たしてくれていたのに。

この冷たさがずっと気になっていました。

一方、母からは、週に一度の割合で、メールが届きました。

ちなみにあれから母は、ずっと叔母と暮らしていました。国分寺にある中古の一軒家を買い、そこで再びカフェを開いて、二人で細々と暮らしていたようです。

そして、去年の冬。

叔母の名前で、母の訃報《ふほう》が届きました。

しかも、納骨したあとに。

父も私も唖然としました。

いくら別れて暮らしているとはいえ、元夫に、実の娘。なのに、なんで葬式に呼ばれないんだ？　って。

せめて、墓参りを……と思ったのですが、叔母からは、『お墓はありません。散骨しました』とだけ。

私は混乱しましたが、父は「ああ、やっぱり」と、どこか分かっていたような感じでした。

父は言いました。

「彼女は、昔からそうなんだよ。お前のお母さん……ミチコのことしか見ていなかった」

どういう意味？　と訊くと、

「僕が、ミチコと結婚するときも大変だったんだ。なんだかんだと、邪魔してくる。僕に他に女がいるとか、逆にミチコには他に好きな男がいるとか、そんな嘘を吹き込んだりしてね。結婚してからも、そうだ。静岡から押しかけてきて、わざわざ近くに引っ越してきた。……ミチコもまた、妹のことを頼りにしていたから、それを許した。

つまりね、あの二人は、共依存の関係なんだよ。特に、妹のほうが、姉に対して強い執着心を持っていた。

まあ、あの二人の生い立ちを考えると、分からないでもない。ずっと肩を寄せ合って生きてきたというから、自分から姉を奪い取ろうとする者が許せなかったんだろう。

おまえが生まれたときなんか、本当にひどかった。おまえは覚えてないかもしれないが、赤ん坊のおまえは、彼女に何度も殺されかけたんだよ」

戦慄《せんりつ》しました。

そういえば。私は叔母によく預けられたのですが、そのたびに、なんやかんやと怪我をしていたのです。

「……おまえの弟を流産したときもだ。わざとまずいナポリタンを作って、おまえを困らせて、そして、ミチコを怒らせた」

……あ。あのナポリタン。……ずっと、母が作ったものだと記憶していましたが、違ったのです。叔母が作ったんです。

「彼女はね、一事が万事そうだったんだよ。ミチコの感情を刺激して、怒らせて、そして、おまえと喧嘩させた。僕も同じようなことを何度もされた。でも、僕は、我慢をしてきたんだ。いつか、彼女も姉離れするときがくるだろう……と。……でも、あの流産のとき、さすがに堪忍袋の緒が切れた。……だって、彼女は、ミチコに抱き付きながら、そのお腹を何度も殴っていたんだからね。そのせいで、ミチコは流産したんだよ。……許せなかった。だから、僕は、ミチコに言ったんだ。妹と離れないと、離婚するって。僕と妹、どちらをとるんだ？　って。そしたら、ミチコのやつ、悩むことなく妹を選んだ」

　私はさらに戦慄しました。

　ああ、私たち親子の〝呪い〟は、叔母だったのです！

「が、ミチコは、おまえを手放すことだけは嫌だと泣いた。だから、おまえをミチコに託し、僕たちは離婚したんだよ。

　でも、ずっと心配だった。

　おまえのことがね。

　きっと、彼女は、おまえとミチコを引き離すために、あの手この手を使うだろう……と。最悪、おまえを殺してしまうかもしれない。実際、おまえは、何度も自殺未遂を繰り返しただろう？　よく思い出してごらん。自殺願望に取り憑かれた原因を。きっとおまえは、彼女になにかを言われたはずだ」

　父に言われて、思い出しました。

　ああ、そうです。私は、日常的に、叔母に「かわいそうな子」と言われてきました。そして、遠回しに、「あなたは、母親に愛されていないのよ。母親に捨てられるのよ」って。

　母も母で、叔母から同じようなことを言われ続けたのかもしれません。「かわいそうなお姉ちゃん」「お姉ちゃんがどんなに愛しても、あの娘《こ》はお姉ちゃんを捨てようとしている」と。それでなくても、感情が不安定な母です。だから、心中をはかったんじゃないでしょうか？　その心中だって、もしかしたら、叔母が暗示をかけたのかもしれません。「テレサ・テンは、自殺だったみたいよ」とか、さらに、自殺の名所になっているホテルを仕事先に選んで、「ね、お姉ちゃん。このホテルって、自殺が多いんだって」と、吹き込んだのかもしれません。

そう、死神は、叔母だったのです！

そういえば。叔母は、こんなことも、よく言っていました。

「大丈夫だよ、大丈夫だから。あたしがついているじゃない。……あたしが、憑いているから」って。

+

「つくって……〝憑く〟ってこと！」

私の背筋に、冷たいものがいくつも流れた。

「そうです。叔母は、母に憑いていたのです。そして、私にも。……でも、私は父に引き取られることにより、叔母からの呪縛《じゅばく》を解くことができました。一方、母は、ずっと叔母の呪縛に搦《から》め捕られ、そして、死んでいったのだと思います」

「………」

「どうです？　これなら、そんなに多くある話ではないですよね？」

「……まあ、そうかも」

「よかった。……なら、ぜひ、先生の次回作の参考にしてください」花本女史が、再び編集者の顔で言った。「次回作、楽しみにしていますからね！」

「…………」

「あ、先生。そろそろです。そろそろ、国分寺です」

花本女史が、すっくと立った。そして、網棚からやたらと大きな荷物を降ろした。

「……その荷物は？」

「父が、持って行けって。母の仏壇に供えてやれって」

「お母さんの仏壇？」

「はい。……母が好きだったスイカを買ってきたんです」

「スイカ？」

「はい。季節外れですから、探すの、大変でした」

「というか」私は、恐る恐る訊いた。「……まさか、これから訪ねる〝霊能者〟って……」

「そうです。叔母です」

「……え？」

「安心してください。叔母は、色々と癖はありますが、〝霊能者〟としては優秀です。政治家とか芸能人なんかも顧客にいるほどです」

「…………」

「さ、先生、着きましたよ。さあ、早く」

が、私はなかなか、シートから体を浮かすことができなかった。

ジンモウ

1

二〇一九年、十一月のある日のこと。

「え？　お祓《はら》い？」

里見《さとみ》氏が、呆《あき》れたように目を見開いた。

「……お祓いって、あのお祓いですか？　悪霊退散……的な？」

頷《うなず》くと、

「意外です。先生が、そういうのを信じてらっしゃるなんて」

「いや、信じているわけではなくて。……なんというか、流れで」

言い訳するように、私はカツカレーに添えられている福神漬けを一切れ、口にした。

東京ドームからほど近い高層ビルの展望レストラン。ここを指定したのは、目の前で特製昼御《ご》膳《ぜん》の刺身をつつく、里見氏だった。

里見氏はF社の編集者で、私の担当者の中で唯一の男性だ。七三分けにきっちりスーツ。ラフな服装が多いこの業界においては、希有《けう》な存在だ。ぱっと見、部長クラスの貫禄《かんろく》もある。が、入社七年目、私から言わせれば、まだまだ新人だ。

その証拠に、迂闊《うかつ》なところが多い。そのひとつが、彼が注文した特製昼御膳。私が注文したカツカレーより、千円も高い。本来、担当編集者は、作家と同じものかまたはそれより安いものを注文するものだが、彼の頭にはそんな決まりごとはインプットされていないようだ。毎度毎度、なんとか御膳……的なものを注文する。たいがい、高い。なら、私もなんとか御膳……的なものを注文すればいいだけの話だが、どうも、私は刺身が苦手なのだ。なんとか御膳……的なものには、必ず刺身がつく。一方、揚げ物が少ない。まるで付け合わせのように申し訳程度の存在感。納得がいかない。

私は、揚げ物が大好きなのだ。揚げ物をメインで食べたい。だから、今日もカツカレーを注文した。

本来ならば、担当はそれに合わせるべきなのだ。もちろん、カツカレーでなくてもいい。同じような値段の、またはそれより安いものを注文すればいいだけの話だ。……こんなことで、いちいちもやもやする私の料簡《りようけん》が狭いのか、古いのか。いや、違う。

相性の問題だ。

私は、里見氏が苦手だった。いや、嫌いと言ってもいい。私より二回り以上年下のくせして、なにかと態度がでかい。

実際、周りから私たちを見たら、出来の悪い下請け業者とクライアントのツーショット……と映るだろう。なにしろ、私が座っているのは、下座。ウェイターに案内されたとき、当然のようにここに座らされたのだ。いや、そういう間違いがあったとしても、すかさず正すのが、編集者というものだ。なのに、この男ときたら、これまた当然とばかりに、案内されるがまま上座に座りやがった。

これじゃ、どう見ても、私がへこへこ頭を下げる側じゃないか。

いや、待てよ。実際、そうなのかもしれない。小説家なんて、所詮《しょせん》、下請け業者。一方、目の前の男は、大手出版社の社員。入社七年目とはいえ、大手のF社ならば、年収一千万円近いだろう。いや、一千万円、超えているかもしれない。一方、私は……。いやいや、私だって、平均年収二千万円。税金だってたくさん払ってきた。……でも、それは前の話で、ここ数年は……。仕事は相変わらず忙しいが、本が売れなくなったせいで、印税収入は右肩下がり。去年の年収なんて、とうとう一千万円を切ってしまった。無理して赤坂のタワマンなんかに住んではいるが、毎月、家賃が払えるか、ひやひやしっぱなしだ。

私の頭が、自然と垂れていく。

「それにしても、お祓いなんて、笑っちゃうな！」

里見氏が、マグロの刺身を醤油《しょうゆ》にちゃぷちゃぷ浸しながら、侮辱するように言った。

「先生は、もっと、現実的な人だと思ってましたよ。超常現象を信じるなんて」

「いや、信じているわけではなくて。……だから、流れで、そういうことになっただけで……」

「でも、行かれたんでしょう？　お祓い」

「ええ。まあ。なにかネタになるかもしれないな……と思ったので」

「で、ネタになったんですか？」

「いえ。途中で引き返したので」

「引き返した？」

「はい。一応、駅には降りてみたんだけど、どうも気分が乗らなくて。それで、同行していた人をまいて、そのまま、上り電車に飛び乗った」

「それは、賢明なご判断です」

「そうかな？　でも、同行してくれた人には、申し訳なくて。……なんか、バツが悪くて、そのまま連絡もしてないんだよね」

「それはそれで、いいじゃないですか。縁がなかったんですよ」

「……でしょうかね」

「もしかしたらバカ高い料金をふんだくられて、最悪、変なツボとか買わされていたかもしれませんよ」

「まあ、そうかもしれないけど」

「お祓いなんて、人の弱味に付け込んだ金儲《かねもう》けですよ。振り込め詐欺のようなものです。いや、もしかしたら、振り込め詐欺よりタチが悪いかもしれません。僕は、そういうの、大嫌いなんですよね。都市伝説とかも、嫌いですよ。あんなの信じるのは、弱者の証拠ですよ。報われない自身を慰めるために、悪魔とか幽霊とか呪いとか陰謀とかのせいにするんです。自分の努力不足を棚に上げてね！」

　その言い方があまりにアレなので、私はつい、ムキになった。

「……都市伝説、お嫌い？」

「嫌いですよ。バカバカしい」

　里見氏は、鯉のように口を大きく開けると、マグロの刺身をあっという間に吸い込んだ。そして、次はタイの刺身を醬油に浸しはじめた。

……しかし、醤油のつけすぎだ。こいつ、絶対、高血圧になるぞ。いや、もうなっているかも？

高血圧？　ふん、そんなの関係ない、俺はまだまだ若いんだ、あんたのような年寄りとは訳が違うんだ……とばかりに、里見氏は、タイの刺身を醤油に浸し続ける。せっかくの白身が、台無しだ。すっかり、煮物のような色になっている。

「聞いた話だけど。……醤油の原料はなんだか知ってる？」

私は、少し声のトーンを落として、秘密を打ち明けるように言った。

すると、里見氏は、小バカにしたように、私のほうを見た。

箸《はし》の先には、醤油からすくい上げられたタイの刺身。いつかの石油まみれの鳥のようだ。なんとも悲しげな様子だが、里見氏は躊躇《ちゅうちょ》なく、それを口に入れた。

そして、今度もあっという間にそれを呑《の》み込むと、次はイカの刺身を醤油に浸しはじめた。

「醤油の原料？　バカにしないでください。大豆でしょう？」

「今は、そう」

「今は？」

「ところで、大豆の主な成分はなにか知ってる？」

「そりゃ……タンパク質？」

「そう。もっといえば、アミノ酸」

「常識ですよ」

「では、髪の毛の主な成分はなにか、知ってる？」

「髪の毛？　……えっと」

「アミノ酸」

「知ってますよ、常識ですよ」

「つまり、醤油は、髪の毛から造ることもできるんだよね」

「は？」里見氏の箸が止まった。

よしよし。今度はその顔をひきつらせてやる。私はさらに声のトーンを落とすと、

「戦後、日本が物資不足だった頃。大豆はなかなか手に入らなかった。でも、醤油を求める声が多くて。で、メーカーが苦肉の策で考えたのが、大豆の代替品」

「……代替品？」

「そう。大豆の代わりに、アミノ酸がたっぷり含まれているものを醤油の原料にしたんだとか。なんだと思う？」

「……………」答えを探しているのか、里見氏の視線があちこちに飛ぶ。

「ヒント。誰でも、持っているもの」

「誰でも？　……僕も？」

「はい。その量には個人差はあるけれど、誰でも」

「………………」里見氏の下瞼《したまぶた》が、ぴりぴりと震える。まだ、答えは見つからないらしい。

「次のヒント。醤油の色にとても似ている。……もっとも、これも個人差があるけれど。有色人種の場合、たいがい、醤油の色に近い」

そして、私は、おでこにかかる前髪に、そっと触れた。

「……まさか？」

里見氏も、頭に手をやった。

「そう、正解。髪の毛」

「………」

里見氏の顔が、案の定、どんどんひきつっていく。私は、もっともっとひきつらせてやりたくて、続けた。

「そう。終戦直後、醬油メーカーは髪の毛を原料にしようと考えた。髪の毛を安く仕入れて、それを醬油にしようと」

「……髪の毛？」

里見氏が、泣きそうな顔で、醬油の小皿を見つめる。しかもタイミングが悪いことに、里見氏の髪の毛が、その小皿にはらりと落ちた。そして、髪の毛は、醬油に呑み込まれるように、皿の底に沈んでいく。

里見氏は、呆然《ぼうぜん》と、それを見つめ続けた。

その様子がちょっと憐《あわ》れで、私はすかさずフォローを入れた。

「もちろん、今の醬油はちゃんと大豆なんで、ご安心を」

里見氏の顔が、ちょっとだけ緩む。

が、私はさらに続けた。

「でも、こんな噂《うわさ》もある。安い醬油の中には、発展途上国の女性が泣く泣く売った髪の毛を原料にしているものもある……と」

「……えええ」

里見氏の目が、いよいよ、涙目になった。

ふん。どんなに偉そうにしていても、最近の若いやつはメンタルが弱い。ざまあみろだ。さて、そろそろ許してやるか。

「……なんてね。安心して。日本では、髪の毛を原料にした醤油は造られてないから。もっとも、戦後のどさくさ期、ヒトの髪の毛を原料とした人工アミノ酸は製造されていたみたいだけど。でも、今は製造されていない。ただ」

「ただ？」

「中国では、ごく最近まで、ヒトの髪の毛から醤油を製造していたらしいよ。理髪店とかから髪の毛を集めアミノ酸溶液を作り、人毛醤油を造るんだって。それが報道されて大きな問題になり、人毛醤油は政府により禁止されたんだとか。が、今でも、密造しているところがあるとかないとか」

里見氏が、迷子の子供のように、不安げに目をしばたたかせた。

「……昨日の夕食、中華屋で餃子《ギョーザ》を食べたんです。醤油をたっぷりつけて……」

「大丈夫、大丈夫。日本の中華屋さんなら、ちゃんと日本製の醤油を使っているでしょうから」

「……そうでしょうか」

「あ、でも、安いお店なんかでは、人毛醤油、使っている可能性はあるかも。なにしろ、密造された人毛醤油は、いまだに海外や日本に密輸されているという噂もありますし」

「……えええ」

「でも、ちゃんとしたお店なら、大丈夫、大丈夫」

「………」

気のせいか、里見氏の顔が真っ青だ。いや、気のせいではない。血の気がまったくない。その唇なんか、紫色だ。しかも、ぷるぷると震えている。しかも、瞳孔《どうこう》が開きっぱなしだ。

いじめ過ぎたか？

私は、「はっはっはっはっ」と、笑い飛ばしてみた。「冗談だから、冗談。全部、冗談」

が、里見氏の顔は、青を通り越して真っ白になった。私は、慌てて、付け加えた。

「あ、でも、人毛醤油というのは本当だけどね。……あ、仮に人毛醤油を使っていたとしても、アミノ酸にまで分解したものだから。人毛の痕跡《こんせき》はない。大豆と同じ」

我ながら、まったくフォローになっていない。

里見氏は、恐怖の形相で、目をかぁぁっと見開いた。

「いや、でも。人毛醤油なら、共食い……カニバリズムじゃないですか――」

里見氏の表情が、原形をとどめないほどに崩壊する。そして、両手で口元を押さえつけた。

え？　嘘《うそ》でしょ？

ヤバい。……やめて。ここで吐くのだけは、やめて！

「里見さん、トイレに行きましょう。トイレに――」

が、間に合わなかった。

ちょっと、脅しがきつかったかもしれない。その点は反省している。だからといって、吐くなんて。……しかも、私のカツカレーに。

もう、一生、カツカレーは食べられない。

里見氏のゲロは私の髪の毛、腕、服にまで及び、私は近くのビジネスホテルでシャワーを浴びることを強いられ、さらに、服も新調するハメになった。これらの費用、ざっと二万五千円。痛い。痛すぎる出費だ。Ｆ社に請求してもいいだろうか？

2

結局、その日、部屋に戻ったのは、深夜近くだった。

「いや、でも。人毛醤油なら、共食い……カニバリズムじゃないですか――」

改めて風呂《ふろ》に入った私は、湯船の中で、ふと、里見氏の言葉を思い出した。

「だったら、あれも、カニバリズムだったのかな？」

小さい頃、誰かの火葬に立ち会ったことがある。

たった一時間ですっかり骨になってしまったことに、小さい私はひどく驚いた。もっと驚いたのが、その骨を食べさせられたことだ。

「さあ、お食べ」

そう言いながら、まるでお煎餅《せんべい》でも差し出すかのように、母が骨を私の目の前に持ってきた。

もちろん、私は拒絶した。

だって、骨じゃないか。人間の骨じゃないか。ぽりぽりとそれを食べている。

でも、周りを見ると、参列者はみな、ぽりぽりとそれを食べている。

そんな状況では、食べることのほうが常識で、渋っている私のほうが異常に見えた。

昔から、私は同調圧力に弱い。

母からそれを受け取ると、嫌いな薬を呑むときのように目を固く閉じながら、私はそれを一気に呑み込んだ。

「どう？　美味《おい》しい？」

そんなことを訊《き》く人もあったが、美味しいわけがない！　だって、骨だよ？　人間の骨だよ？

なのに、みんなは相変わらず、ぽりぽりと、それこそ花林糖《かりんとう》でも食べるように、骨を味わっていた。その光景があまりに恐ろしく、私の記憶はそこで途絶えるのだが。

「あれは、夢だったのかもしれない」

後年、私はそういうふうに考えるようにした。だって、死人の骨を食べるなんて、やっぱりおかしい。

が、だいぶ経ってから、そういう風習があるということを知った。「骨嚙《か》み」という風習だ。遺体を焼いて残された骨を、家族や親族が食すのだ。スタンダードな風習ではないが、地域によっては今も行われているらしい。

だとしたら、夢ではなくて現実だったのかもしれない。

いずれにしても、あまりいい記憶ではない。だって、私は骨を食べてしまったのだ。しかも、実はちょっと美味しいと思ってしまった。

そもそも、あの骨は誰だったんだろう？

…………。

まあ、いいか。もう忘れよう。

と、湯船から上がろうとしたとき、左腕になにかが絡みついてきた。

うん？

それは、髪の毛だった。長く、真っ黒な髪の毛。

私のではない。……私の髪は短い。

じゃ、誰の？

背筋が、ぞわぞわと粟立《あわだ》つ。

まさか、この浴室に誰かが？

「ああ、そうか。ビジネスホテルでシャワーを浴びたとき、他の客の髪の毛がついたんだな」

それはそれで、気味の悪い話だが。

私は、髪の毛をシャワーで洗い流した。

と、そのとき。

本来は、水を吸い込んでくれるはずの排水口から、水が逆流してきた。

「なんだ？　つまっているの？」

そういえば、排水口の掃除をした覚えがない。したのは、いつだったろう？

えっと……。

もしかして、ここに越してから、一度も？

ここに越してきたのは三年前だ。その三年間に、排水口の蓋《ふた》を開けてみただろうか？

いや、開けた記憶がない。マンションの管理組合が行う排水管の清掃も、ずっと無視してきた。

つまり。

掃除をしていない……！

……先ほどとはまた違う、ぞわぞわが、背筋を這《は》う。

見ると、逆流した水に押し戻される形で、なにやら黒いもやもやとしたものが蓋からはみ出ている。

確認しなくても分かる。

髪の毛だ。三年分の、髪の毛だ……！

素っ裸の状態で固まっていると、
ごぉぉ　ぽこここ　ごぉぉぉ　ぽこぽこぽこここ……

という不穏な音とともに、一気に黒いもやもやが溢《あふ》れ出した。

「ひゃゃゃ！」

それは、見たこともない、大量の髪の毛の塊だった。

「ひゃゃゃゃ！」

逃げるように浴室を飛び出すと、慌てて扉を閉める。

が、足元を見ると、髪の毛が。海藻のように絡まっている。

「ひゃゃゃゃゃゃゃゃ！」

落ち着いたのは、それから一時間後のことだった。

結局、私は、決死の思いで排水口の掃除を試みた。

だって、そのまま放置するわけにもいかない。業者を呼んでもよかったが、時間も時間だ。たぶん、来てくれないだろう。なにより、こんな状態を見られるのは恥ずかしい。三年間、掃除をしなかった状態を。

マスクとビニール手袋を装着し割り箸を持って再び浴室に赴くと、私は心を無にし、それを取り除くことだけに専念した。格闘すること、三十分。あまりの気持ち悪さに何度も挫折《ざせつ》しそうになったが、そのたびに気持ちを奮い立たせて、掃除に勤《いそ》しんだ。

掃除が終わると、なんともいえない達成感と清々《すがすが》しさが、全身を覆った。

そして、誓った。

これからは、ちゃんと掃除をしよう。できれば毎日。……最低でも週に一度。

そうして、風呂に入り直し、今、ようやく一息ついたところだ。

それにしてもだ。

髪の毛って、なんであぁも気味が悪いのだろう。頭皮についているときはそうでもないのに、一度抜けたら、途端に恐怖の対象だ。……なんだか、怨念《おんねん》がこもっていそうで。

それにしても、とんだ一日だった。他人のゲロを浴びて、予想外の出費もあって、さらに、排水口の逆流。

あああ、疲れた。

と、ソファーに身を投げ出したとき。鳩尾《みぞおち》のあたりに、違和感。

あ。なんだか胃がしくしくする。

薬でも飲むか……と、いつもの胃薬を探していると、聞き慣れた「ぽぽぽぽーん」という機械音がパソコンから聞こえてきた。

メールの着信音だ。

時計を見ると、午前二時過ぎ。

私は、身構えた。

デジャヴ?

前にも、同じようなシチュエーションが。

あのときは、ヨドバシ書店の尾上さんから、メールが来て。

死んだはずの、尾上さんから。

もしかして、また?

また、あのメールが!


お世話になります。

F社の、鈴木です。

本日は、里見がとんだご迷惑を……。

なんとお詫《わ》びをしたらいいか、今は、途方にくれるばかりです。

ぜひ、直接、謝罪させてください。

よかったら、食事をご一緒させてください。

先生のご都合のいい日時と、場所をご指定ください。

ではでは、よろしくご検討ください。

とりいそぎ、用件まで。

F社　文芸局長　鈴木通雄

「文芸局長？」

私は、思わず、正座をしてしまった。

だって、局長だ。しかも、老舗《しにせ》にして大手のF社の局長だ。

よほどの売れっ子でないかぎり、お目にかかることはない雲上人だ。

私もそこそこ作家生活は長いが、局長クラスの人と面と向かって会ったことはない。パーティかなにかで見かけることはあるが、言葉などかけることもなければ、かけられる機会もない。

局長クラスになると、その周りを錚々《そうそう》たる大御所が取り巻いているからだ。勲章をいくつももらい、権威ある賞の選考委員をしているような、日本文学の重鎮たちが。

そんな人たちに比べたら、私なんて、とてもとても。

……謙《へりくだ》っている場合ではない。返事、返事を出さないと。

3

とある老舗高級ホテル。その中のイタリアンに、今、私はいる。

確かに、イタリアン……とリクエストしたのは私だ。

最初は、「当方、いつでも空いています。場所も、どこでも構いません。お任せです」と入力したのだが、送信ボタンを押す段になって考え直した。これでは、かえって、先方の負担になるのではないか？　ある程度、希望を絞り込んだほうが決めやすいのでは？

ということで、「今週の水曜日、木曜日、金曜日の日中なら空いています。特に指定の場所はありませんが、イタリアンが好きです」と、入力しなおして、送信ボタンを押した。

だからといって、こんな高級レストラン……。ネットで調べたが、ミシュランの三つ星を獲得している。一番お安いランチコースでも、一万五千円……。

なのに、目の前の男性は、三万円のランチコースを躊躇なく選んだ。

男性は、言うまでもなく、鈴木局長だ。局長という肩書きだけでなく、取締役常務という肩書きも持つ。とにかく、偉い人なのだ。このクラスになると、年収いくらなんだろう……などと、私は、先ほど手渡された名刺を眺めながら、ゲスい思案を巡らしている。

鈴木局長の隣にいるのは、女性だった。

黒髪をひっつめにした黒縁のメガネっ娘《こ》。その服は、上から下まで、黒かグレーで統一されている。

そう、『黒田佳子』だった。

なぜ？　黒田さんは、ヨドバシ書店の編集者ではなかったか？　が、渡された名刺には、間違いなく、『F社　文芸局　第一文芸編集』とある。

首をひねりながら、突き出しの白子のタルタ一ラを突っついていると、

「先月、ヨドバシ書店からF社に転職したんです」

と、黒田女史。

「転職？」

「はい。……諸事情がありまして」

もしかして、ヨドバシ書店が倒産しそうだから？　難破しそうな船から逃げ出したネズミってことか？

そんなことより、当の里見氏の姿がない。今日は、里見氏がやらかした例の件を謝罪するための場ではなかったのか。

「私、里見さんの後任として、先生を担当させていただくことになりました」黒田さんが、すっと背筋を伸ばすと、深々と頭を下げる。

「後任？　里見さんは？」

「はぁ……」

黒田さんが言い淀《よど》んでいると、

「入院しているんですよ、彼」

と、鈴木局長がすかさず口を挟んだ。

「……入院？」

「ええ」

「なにかの、病気ですか？」

「いや、まあ、その……」

昭和時代の政治家のように、鈴木局長もまた言葉を濁す。そして、

「働きすぎたんでしょう。いわゆる、過労というやつですよ。少し休めば、また復活するでしょう。はっはっはっはっ」

と、不自然な笑顔で、笑い飛ばした。

……しばしの沈黙。

実は、私は、さきほどから視線をどこに定めていいのか、ひどく落ち着かない気分に陥っている。というのも、どうしても、視線が、鈴木局長の頭部に行ってしまうからだ。どんなに視線を外しても、いつのまにか頭部を凝視してしまう。

それは黒田さんも同じで、明らかに、鈴木局長を見ないようにしている。黒田さんは、隣だから、それでもかまわない。が、私は、局長の真ん前に座っているのだ。見ないわけにはいかない。

「ああ、この白子、めちゃくちゃおいしいですね」

などと、話題をずらしても、やはり、視線は局長の頭部に。

その頭部は、あからさまな、カツラだった。

高給取りなんだから、もっとちゃんとしたカツラを特注することだって、なんなら植毛だってやれるはずなのに、なんだって、こんな、誰が見てもそれと分かるようなカツラを装着している

のか。

もはや、黒いベレー帽だ。

しかも、サイズの合っていないベレー帽。カツラのキワがおでこをほとんど隠し、眉毛《まゆげ》にまで迫っている。今にもずり落ちそうだ。

そんなとき、

「髪の毛……」

局長がいきなりそんなことを言い出すものだから、私は、手にしていたスプーンを落としそうになった。

「か、か、か、か……かみのけ？」声まで、裏返ってしまう。

「そう、髪の毛が怖い……って、里見が入院先でしきりに言っているらしいんですよ」

「髪の毛が怖い？」

「どういうことなんでしょうかね、髪の毛が怖いって」

「あああ、それは、私のせいかもしれません」

私は、白子のタルタルを一気に呑み込むと、悪事を白状するように言った。

「……人毛醤油の話をしたんです」

「人毛醤油？」

反応したのは、黒田さんだった。「髪の毛の醤油ってことですか？」

「そうです。ある国では、ヒトの髪の毛を集めてアミノ酸溶液を生成し、醤油を造っている……という話をしたんです。そしたら、里見さん――」

「けしからん！」

鈴木局長が、軽くテーブルを叩《たた》いた。

私の体は一瞬にして固まった。黒田さんも、スプーンで白子のタルタールを掬《すく》う状態で、固まっている。

「大切な髪の毛をそんな風に利用するなんて、バチがあたる」

もう一度テーブルを軽く叩く、局長。そして、

「髪の毛の髪《かみ》と、神様の神《かみ》。どちらも、〝かみ〟と読むのは、どうしてか分かりますか？」

「……どうしてですか？」

「それは、髪の毛が、神様と同じように大切な存在で、そして神秘的な力を持っていると信じられていたからですよ」

「……はぁ」

「たとえば、ブリッジの〝橋〟。ご飯を食べるときの〝箸〟、そして端っこの〝端〟。これらはすべて〝はし〟と読みます。それは、古代、このみっつは同じ意味だったからですよ」

「…………？」

「橋は、こちらがわの端とあちらがわの端を繋《つな》ぐもの。そして、箸は、食べ物と口を繋ぐもの。つまり、なにかとなにかを繋ぐことを、〝はし〟と、古代の人は捉《とら》えていたんですよ」

「……なるほど」

「つまり、同音異義語というのはただの偶然ではなくて、もともとは同じ意味を持つものだったから、同じ〝読み〟になったと、僕は考えます。スパイダーの〝蜘蛛《くも》〟と、クラウドの〝雲〟。

古代の人は、蜘蛛の巣を見て雲を連想し、そして同じ〝読み〟を与えたんじゃないでしょうかね」

「……なるほど」

「だから、髪の毛は、神様でもある。醬油の材料にするなんざ、もってのほかです」

そして、局長はまたもや、テーブルを叩いた。今度は少々、力がこもっている。通りかかった給仕が、ちらりとこちらを見た。

「……なんてね。これらは、すべて、個人的見解ですがね」

なんだ。そうなんだ。てっきり、どこかのお偉いさんが導き出した、ちゃんとした説だと思った。

「でも、確かに、髪の毛と神様は、同じ意味だったのかもしれませんね」

黒田さんが、パンにオリーブオイルを浸しながら、そんなことを言った。

「だって、髪の毛って、なんだか念がこもっているというか……。ちょっと怖い感じがします。特に抜け落ちた髪の毛って、気味は悪いし、怖くないですか？」

言い終わったあと、黒田さんは、「あっ」という表情で、鈴木局長のほうをちらりと見た。その視線は、やっぱりカツラに注がれている。

が、鈴木局長は気づかないようで、

「そうなんだよ。髪の毛には、なにか特別な力が宿っている感じがするよね」

それから、しばらく、鈴木局長の髪の毛談義が続いた。私と黒田さんは、ハラハラしながらも、髪の毛にまつわるあれこれに耳を傾ける。

「そうそう。針山ってあるじゃない。その中身ってなにか知っている？」

三杯目のワインを傾けながら、鈴木局長がご機嫌な様子で訊いてきた。

「……針山？」

針山って、縫い針や待ち針を刺しておく、あの、小さなクッションのようなもの？　その中身がなにかって？

「……そりゃ、やっぱり、コットンとか？」

「ぶー！　不正解！」

局長が、芸人のようにオーバーアクションで両手でばってんを作った。そして、ドヤ顔で、

「髪の毛。あの中には、髪の毛が入っているんだよ！」

「え？」「え？」私と黒田さんは、同時に驚きの声を上げた。

それが、局長のテンションをますます上げた。

「うちの祖母なんか、抜け落ちた髪の毛を大切にとっておいて、それで針山を作っていたな。近所のおばちゃんは、亡くなった娘の遺髪を針山の中に入れていたよ。なにも、うちの田舎だけではないよ。日本では昔から、針山には髪の毛を詰め込んでいたんだよ。今も、髪の毛で作った針山はたくさんあるんじゃないかな」

「……なんで、髪の毛を？」黒田さんが、恐る恐る質問する。

「僕が聞いた話だと、針の錆《さび》止めみたいだ。ほら、髪の毛には油分が含まれているだろう？　あの油が、錆を防ぐらしい。また、その油は針の滑りをよくするんで、縫い物をするときには欠かせないものだったらしいよ。ほら、縫い物をしているとき、針を髪の毛になすりつけたりするの

を、見たことない？」

「ああ、そういえば、時代劇なんかで見たことありますね」

「だろう？」

鈴木局長が、ワインを傾けた。これで、四杯目。

いくら大手企業の幹部だからといって、昼間っからこんなに呷《あお》っていいものなのだろうか？

曲がりなりにも、私は作家だ。そんな作家を目の前にして。

なのに、

「ああ、なるほど。合点がいきました。田舎のおばあちゃんちの裁縫箱、いつ見ても髪の毛が散らばっていたんですよ、あれが不思議で」

黒田さんまで、負けじと、ワインを傾ける。そして給仕を呼びつけると、二杯目を注文した。

「それは、間違いなく、針山の中に詰めこまれた髪の毛だな。それが、なにかの拍子に飛び出したんだろう」そして、局長も五杯目のワインを注文した。

なんなんだ、こいつら。下戸の作家を前にして、がんがんワインを飲んじゃって。しかも、二人だけで針山談義に花を咲かせている。

これは、もしかして、遠回しの嫌がらせか？　今日、呼びつけたのは、もしかしたら謝罪ではなくて、抗議なのかもしれない。うちの若い社員を人毛醤油なんかで怖がらせやがって。そのせいで、精神を病んで入院してしまったんだ。どうしてくれる。これは立派なパワハラだ。訴えてやる……的な？

だったら、こっちだって応戦する。

人毛醤油ぐらいでびびるような人は、編集者なんて向いてないんですよ。なにしろ、私は、人体をバラバラに刻んでミンチにしてトイレに流すような小説を書いているんだから。むしろ、こっちが抗議したい。あんたんところの社員は、教育がなってない！　作家は上座、自分は下座。そんな常識すら教えてないのか！

「……あ、ちょっとすみません。僕、トイレ」

五杯目のワインが来る前に、鈴木局長がよろよろと立ち上がった。

そして、青い顔をして、逃げるようにテーブルを離れる。

ほら、言わんこっちゃない。あんなにがぶ飲みするから……。

そして、黒田さんと私、二人が残された。

テーブルの上には、すでに四品目の、若鶏《わかどり》のローマ風煮込み。

私は、なにか気まずい空気の中、若鶏にナイフを入れた。

黒田さんも、私に倣って、ナイフとフォークを手にした。

……そう、私はもうずいぶん前から気がついていた。黒田さんも、そしてトイレに立った鈴木局長も、ずっと私と目を合わせない。ちらちらと見るには見るが、すぐに視線を他に移す。

そういえば、里見氏もそうだったことを思い出す。彼も、終始、視線を不自然にあちこちに飛ばしていた。

なんだ？　私の顔になにか問題でも？

あ、もしかしたら、太ったからだろうか。

そうなのだ。ここんところ、私の体重はウナギ登り。気をつけてはいるのだが、職業柄、体を動かす機会は少ない。しかも、食事も不摂生しがちだ。夜中に、唐突にアイスクリームを食べてみたり。アイスクリームならまだしも、昨日なんか、クリームパンとメロンパン、そしてシナモンロールまで平らげてしまった。

今日だって、久しぶりに穿《は》いたパンツがきつかった。ボタンが全然留まらず、だからといって他のものに着替える時間もなく、しかたないから、ボタンを留めずに家を出た。今もそうだ。シャツで隠れているから分からないが、今、私のパンツのウエストは、全開だ。

ウエストは隠せても、顔だけは隠せない。ここに来るまでに乗ったエレベーター。壁に貼られた鏡をふと見たら、酷《ひど》い二重顎《あご》だった。頬もたるんで、ブルドッグ間近。

一年前は、そんなことはなかった。もっとしゅっとしていて、このパンツだって余裕で穿けたのだ。ウエストがゆるくて、ベルトで締めるほどだった。なのに、この一年で、なにかの呪いのように、どんどん太っていった。呪いは、今も続いている。

「私、太ったでしょう？」

間が持たなくて、私のほうから自虐的に振ってみた。「五十歳を過ぎると、歯止めがきかないんですよ。空気を吸っているだけでも、脂肪がついてしまう。……まったく、なにかの呪いにでもかかっているのかな？」

「……呪い？」

冗談で言ったのに、黒田さんの顔が激しくひきつった。その表情は、まるで、あの日の里見氏。

「いやいや、すみません。冗談です。冗談」

今時の若い人にとっては、私のジョークは、顔が引きつるほど不快なものなのかもしれない。

これが、ジェネレーションギャップというものか。……なにか切ない。

はぁぁと、肩を竦《すく》めていると、

「……先生。つかぬ事をお伺いしますが――」

と、黒田さんが、相変わらず視線を外しながら、身を乗り出してきた。

「先生のお知り合いで、髪の長い人はいますか？　海藻のようにうねった黒い長髪を、真ん中分けにしている人です」

は？　藪《やぶ》から棒に、なにを言い出すんだ。呆気《あっけ》にとられていると、

「あ、なんでもありません。すみません」

と、黒田さんは、それっきり口を閉ざしてしまった。

なんともいえない淀んだ空気が漂う。

鈴木局長、早く戻ってこないだろうか。


結局、鈴木局長は、戻ってこなかった。

五品目の、伊勢海老のタリオリーニが出されるころ、黒田さんのスマートフォンになにか着信があった。

「あ、先生、すみません。……鈴木、具合が悪くなって、会社に戻ったそうです」

黒田さんが、久しぶりに口を開いた。

「はぁぁぁ？」

私の口も、大きく開く。

「帰った？　あのまま帰っちゃったの？」

「はい。今、そういうメールがきました」

「あの。……私、なにか粗相をしたかな？」

「え？」

「だって、局長、明らかに様子が変だったし。私には目も合わさず」

「…………」

「やっぱり、気にされたのかな……」

「は？」

「気をつけてはいたんだけど、どうしても、視線が局長の頭部にいってしまって。……それで、気分を害されたのかも」

「いえ、それは大丈夫です。局長、あのカツラに絶対的な自信を持っていて、絶対にバレない……と思っているようなので」

「は……。なら、なんで、会食の途中で帰っちゃったの？」

「…………」

黒田さんの視線が、ふと、私の背後に飛んだ。そして次の瞬間、目を逸《そ》らした。

え？　後ろ？　後ろになにが？　後ろを見てみたが、ただの壁だ。

「……先生。尾上さんから、まだメールは届いていますか？」

黒田さんは、話題を逸らすように言った。

尾上さんとは、今年の五月に亡くなった、ヨドバシ書店の編集者だ。その尾上さんの死後、彼女が送信したと思われるメールが頻繁にやってきた。ヨドバシ書店に問い合わせたところ、会社のサーバーの不具合でメールの送受信に時差が生じ、その結果、尾上さんが生前送信したメールが、死後、私のところに届いたのだろう……ということだった。

「ああ、そういえば、ここんところ、届いてないかも」

「そうですか。それは、よかった」

「でも、不思議なメールだったな……。なんでも、尾上さんは臨死体験をして、そのとき、三人の人が迎えに来たとか。二人は覚えのある人だけど、もう一人はまったく見当がつかない。でも——」

「分かりました。……というか、思い出しました！　三人目の女の正体が！　とんでもない正体が！」

　黒田さんが、イタコのように、メールの内容を復唱した。

「え？　なんで知っているの？」

「実は、私にも、来たんですよ。尾上さんからメールが」

「え？」

「尾上さんって、なんで〝おがみ〟なのか、ご存じですか？」

「いや。……なんで？」

「これは、尾上さんご本人から聞いたんですが、尾上さんの家って、代々、拝み屋だったらしいんです」

「拝み屋って、祈禱師《きとうし》みたいなもの？」

「そうです。でも、尾上さんはそんな家業に嫌気がさして、家を出たそうなんですが。でも、そういう能力は持っていたようです」

「そういう能力?」

「つまり、霊能力。本人は否定していましたが、でも、私はあると思いました。だって、彼女が何気なく言ったことが、ちょくちょく当たるんです。たとえば私の場合、『黒田さんって、犬を飼っているの? そして、亡くなったの?』って言われて。驚きました。実家で犬を飼ってましたが、そんなことは一度も言っていないし、なによりピンピンしている。で、心配になって実家に電話してみたら、今朝、交通事故で亡くなった……って」

「え……」

「そういうことが、ちょくちょくあったんです。だから、尾上さんからあんなメールが来て、私、なんだか怖くなって、ヨドバシ書店を辞めたんです。で、大学の先輩のツテで、F社に入れてもらったんですが。……あ」

黒田さんが、慌てて、顔を伏せた。その顔を覗《のぞ》き込んでみると、真っ青だ。あのときの里見氏のように。そして、えずくように、

「……先生。本当に、ご存じないですか? 海藻のようにうねった黒い長髪を、真ん中分けにしている人。知りませんか?」

「……知らない。っていうか、なんでそんなことを訊くの?」

「だって、いるんですよ。さっきからずっといるんですよ。……先生の左肩の上に、海藻のようにうねった黒い長髪を、真ん中分けにしている人の頭が。腐りかけている肉が所々に張り付いて

いる、白骨の頭が……！」

4

しかし、なんだな。不運というのは、続くものだ。

結局、今日も私はゲロを浴び、ホテルでシャワーを浴びることになった。今回は高級ホテルだ。シャワーを浴びただけなのに、二万円とられた。さらに服を買ったから、合計五万三千円。前のときの二万五千円と合わせたら、七万八千円！

絶対、Ｆ社に請求してやる！

絶対！

と、腹に力を入れた途端。なにかが弾《はじ》けた。先ほど、ホテルのショップで購入したばかりの、紺色のコットンパンツ。一番安いのを買ったのだが、それでも二万円した。そのウエストのボタンが、早くも取れた。

なんてこった！

仕方ない。自分でボタンをつけるか。……確か、一人暮らしをはじめてしばらく経った頃、母親から贈られた裁縫セットがあったはずだ。贈られたはいいが、使う機会はなく、そのまま放置。かれこれ三十年以上前のことだが、どこかにしまいこんであるはず。三年前、引っ越しのときに見かけた記憶がある。

三十分ほど捜して、納戸の奥に、ようやくそれを見つけた。いかにも昭和が香る、レトロな裁縫セット。

蓋を開けると、なにか懐かしい匂いがした。ああ、そうだ。これは、母の髪の匂いだ。

髪の匂い？

唐突に、

「そうそう。針山ってあるじゃない。その中身ってなにか知っている？」

という、鈴木局長の声が蘇《よみがえ》った。そして、

「髪の毛。あの中には、髪の毛が入っているんだよ！」

まさか。

髪の毛が、針山の中に入っている？

まさか。

でも。

ちりめんで作られている針山の隅に、黒い糸のようなものが見える。

「まさか。糸だよ。糸。黒い糸だよ」

が、どう見ても、針山の中から飛び出している。

引っ張ってみると、それはするりと抜けた。そして、先端には毛根。

「髪の毛？」

本来はそこで怯《ひる》むところだが、そのときの私は、無性にそれを確かめたくなった。本当に、髪の毛が詰め込まれているのか。

そして私は、裁縫セットの中に入っていた糸切りバサミの先を、針山に突き刺してみた。

その割れ目から飛び出してきたのは、黒いもやもやとした塊。

髪の毛だった。

あまりの気持ち悪さに、裁縫セットの蓋を慌てて閉める。

そのとき、蓋の隅に、マジックでうっすらと名前が書かれているのを見つけた。

『金沢克子《かなざわかつこ》』

金沢克子？

あ、もしかして、伯母《おば》さん？

うそ。この裁縫セット、伯母さんのだったの？

気になって、私はもう一度、蓋を開けた。

散らばる髪の毛の中、小さなメモ用紙が見える。

それは、母の字だった。

『この裁縫セットは、あなたが大好きだった克子おばちゃんの遺品です。覚えていませんか？あなた、克子おばちゃんの遺骨を食べるほど、大好きだったのよ。克子おばちゃんもあなたのことをとても可愛《かわい》がっていて。だから、どうか、この裁縫セット、使ってくださいね。あ、そうそう。克子おばちゃんの遺髪で、針山を作ってみました。だから、大切にしてね』

それを読み終えたとき、脳の中に、記憶が怒濤《どとう》のように溢れ出した。

ついでに、黒田さんの質問も。

「……先生。本当に、ご存じないですか？　海藻のようにうねった黒い長髪を、真ん中分けにしている人。知りませんか？」

知っているよ！

それは、克子おばちゃんだ！

エニシ

1

はじめにお断りしておく。

本作品は、私自身が体験、または見聞きした〝不思議〟を、小説として仕上げたものだ。作品に登場する人物名や組織名は基本的に仮名またはイニシャルとし、若干のエフェクトもかけてある。無論、私本人に関しても、エフェクトがかけてある。プライバシー保護のためだ。一部の地名や固有名詞に関しても、特定できないようにあえて架空のものとした。

「あの街ではないか?」

「あの人のことだろう」

「この組織は、あの――」

などと、詮索《せんさく》されるのは自由だが、ほどほどに願いたい。特定したところで、いいことはなにひとつない。むしろ、後悔するだけだ。

前置きはこの辺にして。

では、「フシギ」小説をはじめたいと思う。

最終話は、「縁《えにし》」にまつわる話だ。

……ここまで入力して、私は、はっと思い出した。

そうだ。今日は国分寺に行く予定だった。

もうこんな時間じゃないか。

私は、慌てて椅子から立ち上がった。

2

金沢克子。

私は、その人のことを、親しみと畏怖《いふ》を込めて、

『克子おばちゃん』

と呼んでいた。

克子おばちゃんは私の母の姉で、私にとっては、伯母《おば》にあたる。確か、母の八歳上だったと記憶している。

「その伯母さんは、海藻のようにうねった黒い長髪を、真ん中分けにしていましたか？」

そう質問してきたのは、〝霊能者〟だった。

……覚えているだろうか。

「フシギ」小説五話目の「チュウオウセン」に登場した、A社の担当編集者……花本女史の叔母《おば》さんで、国分寺に住む〝霊能者〟。

一度は逃げてしまったものの、結局、みてもらうことになった。

が、紹介者の花本女史は、今、ここにいない。住所だけ聞いて、ひとり、この家にやってきたのだが。

普通の家だった。〝霊能者〟というからには、なんというか、もっとスピリチュアルな雰囲気の……例えば、お香が立ち込めて、いたるところにパワーストーンが置いてあって、曼荼羅《まんだら》のようなタペストリーとかがあちこちに飾られているのかな……と勝手にイメージしていたのだが、そんな雰囲気はまったくない。

確かに、築年数はかなり経っている感じはする。

花本女史の話だと、以前はカフェをやっていたようだが、今は、その名残は一切ない。ここ数年のうちにリフォームでもしたのか壁もフローリングも新しく、間取りも今風だ。が、個性的で奇抜なところはひとつもない。

そして、その名前も、〝霊能者〟からは程遠い。

私は、今一度、テーブルに置いた名刺を眺めた。

『佐藤百合子《さとうゆりこ》』

姉小路紫苑《あねのこうじしおん》とか、涅槃《ねはん》アナスタシアとか、そんな名前を想像していたが、まったく違った。ちなみに、姉小路紫苑、涅槃アナスタシアは、私の小説に登場した占い師だ。それっぽい名前だと、担当さんには好評だった。

そう、それっぽい名前というのは大切だ。お相撲さんが、なんとかの山とか、なんとか龍とかいうように、〝霊能者〟というからには、唯一無二の誰も真似しないような自意識過剰なまでの名前をつけるのが、セオリーだ。

が、名刺に書かれているのは、『佐藤百合子』。

あまりに、普通だ。

ネットで検索したら、同姓同名さんがわんさかとヒットしそうだ。

その容姿もまた、普通だった。

なにをもって普通というのか……と問われたら答えに窮するのだが、とにかく、普通だった。

ストライプの開襟シャツに、濃紺のパンツ。短い髪の毛には軽くパーマがあてられている。

……ああ、そうだ。都知事のKさんにどことなく、似ている。そう思いはじめたら、どんどんKさんに見えてきた。……事実、下の名前も、「百合子」だ。

「その伯母さんは、海藻のようにうねった黒い長髪を、真ん中分けにしていましたか？」

百合子さんは、繰り返した。その視線は、私の左側に注がれている。

……左側に、いるのか？

克子おばちゃんが？

私の左手に、じんわりと汗が滲《にじ》む。

「はい、そうです」私は、絞り出すように言った。「長い髪は、伯母の自慢でした」

「そう……ですか」

百合子さんの瞳孔《どうこう》が、きゅっと縮んだ。と思ったら、すぐにかっと開いた。まるで、獲物を見つけた猫のようだ。私の手が、汗でベトベトになる。

「あの」私は、覚悟を決めて訊《き》いた。「いるんですか？　私の後ろに、克子おばちゃんが……伯母がいるんですか？」

「う……ん」

「焦《じ》らさないでください」

「う……ん」百合子さんの目が、頼りなげに揺らいだ。「実は、あたしにもよく分からないんですよ」

「は？」

「確かに、あなたの後ろには、います」

そう言うと、百合子さんは、ゆっくりと右手を挙げた。そして、私の左肩のあたりを指差し、

「そう。……そこに、います！」

言われて、私は固まった。

グラスの表面に付いた結露のように、次々と、汗が噴き出す。

が。

百合子さんは右手をそっと下ろすと、首をひねった。

「でも。……なにか、おかしいんですよね」

「なにが、おかしいんですか？」

私の声は、ほとんど震えていた。足もガクガク震えはじめ、手からは汗が滴り落ちる。

「もう一度、確認します。……その伯母さんは、亡くなられたんですよね？」

「ええ。それは、先ほど、お話しした通りです」

そう、私は、この家に上がるや否や、出されたお茶もそのままに、事の顚末《てんまつ》を矢継ぎ早に伝え

ていた。それを熱心にメモる、百合子さん。

あ、ちょっと待てよ。これって、もしかして、ホットリーディングというやつではないのか？

そう、自称超能力者や占い師が使う手だ。事前に入手した情報を利用し、あたかも能力で言い当てたとするテクニックだ。

だとしたら、私はなんて迂闊《うかつ》だったのだろう。なにしろ、自ら、ペラペラしゃべってしまったのだから。

ああ、なるほど。それも、テクニックのひとつなのかもしれない。相手を油断させて、自ら、情報をぶちまけるように仕向ける。

なるほどなるほど。

この、アットホームな雰囲気も、テクニックのひとつなのかもしれない。これが、いかにも〝霊能者〟的な家だったら、まず警戒しただろう。が、ここは、あまりに庶民的で、あまりに実家的だった。……そう、実家感が半端ないのだ。玄関ドアを開けたとたん、どういうわけか緊張がほぐれ、懐かしい気分になった。

……下駄箱の上に飾られた、熊の置物のせいかもしれない。そう、あれだ。北海道土産の定番、シャケをくわえた木彫りの熊。そういえば、克子おばちゃんの家にもあった。

私の頭の中に、その光景が鮮やかに再生される。

……タンスの上に置かれた、ガラスケース。木彫りの熊を中心に、東京タワーのミニチュア、こけし、張り子の虎、博多《はかた》人形……などなどが、まるで全国お土産展覧会のように、所狭しと並んでいる。

私は、それを眺めるのが好きだった。

克子おばちゃんの家に行くと必ず、このガラスケースの前に行き、いつまでも眺めていたものだ。

特に、お気に入りは、ピンクのドレスをまとったフランス人形だった。

たっぷりとしたフリルとレース。そして、縦ロールの髪。

「それ、欲しいの?」

眺めていると、必ず克子おばちゃんは訊いてきた。「欲しいなら、あげるよ」

でも、私は、「うん、欲しい」と首を縦に振ることはなかった。

なぜなら、そのフランス人形は、克子おばちゃんの娘の形見だからだ。私にとっては、いとこになる。が、私は会ったことはない。なぜなら、私が生まれる前に亡くなったからだ。私が生まれる七年前、その子は七歳で亡くなったと聞く。

その子は、〝マキ〟といった。

そして、フランス人形の名前も、〝マキ〟ちゃん。つまり、克子おばちゃんにとっては、娘同然なのだ。そんなものをもらっても、後味が悪い。

「遠慮しなくていいのよ。マキちゃんも、この家から出たいって」

いつだったか、克子おばちゃんがやけにしつこかったことがあった。

「だから、もらってよ。マキちゃんを、もらってよ」

私は、頑として、首を縦に振らなかった。

「なんで？　マキちゃんを欲しくないの？　どうして？　こんなに可愛《かわい》いのに、欲しくないの？」

あまりに克子おばちゃんがしつこいので、「マキちゃん、嫌い」

と、私は、言ってしまった。そして、飛んできた、平手。


私は、思わず、左頰《ほお》に手をやった。

「どうしました？」

百合子さんが、相変わらず私の左肩を見ながら、言った。

「いえ、……なんでもないです」

私は、左頰から、そっと手を離した。

「もしかして、克子おばちゃんに平手打ちをされましたか？」

「え？」

なんで？　なんで分かるんだろう？　私、そんなことは一言も言っていない。さらに、

「マキちゃん……」

と、百合子さんがいきなり、その名前を口にした。

私の全身が、粟立《あわだ》つ。

「やはり、〝マキちゃん〟という名前に心当たりが？」

「………」

私は、返す言葉を見失っていた。なんで？　なんで？

「さて。大切なことなので、もう一度、確認していいですか？」

百合子さんは、銀色フレームのメガネをかけると、その視線を、静かに手帳に戻した。

その手帳には、私が先ほど伝えた事柄がびっしりと書き込まれている。

百合子さんは、やおらペンを握りしめると、手帳に、〝マキちゃん〟と書き加えた。

それから、視線を再び、私の左肩に定めると、

「あなたの伯母さんは、亡くなってらっしゃるんですよね?」

「はい。……えっと」私は、ようやく、言葉を絞り出した。「……私が小さい頃、亡くなりました」

「確かですか?」

「はい。確かです。お葬式の記憶はしっかりとあります。だって、骨を……」

「骨?」

「いえ。……なんでもありません」

「もう一度、訊きます。伯母さんが亡くなっているのは確かなのですね?」

「はい」

「なるほど」

百合子さんは、またもや、手帳に視線を落とした。そして、

「ということは、やはり、あなたのその左肩にいるのは、伯母さんではありませんね」

「は?」

人間、極限状態になると、笑ってしまうようだ。私は、なぜだか、無性におかしくなってしまった。

そして、実際、「はっはっはっ」と、声をあげて笑ってしまった。

百合子さんの表情が、かたくなる。まさに、空気が読めない生徒に呆《あき》れる教師のそれだ。

私は、笑いを無理やり封じ込めると、息を深く吸い込んだ。そして、慎重に言葉を吐き出した。

「……伯母ではないというのは、……どういうことでしょう?」

「あなたの左肩にいる人は……死んではいないからです」

「え?」

また、笑いが飛び出しそうになって、私は唇を噛《か》む。

「つまり、あなたの左肩にいるのは……生き霊です」

「生き霊……!?」

「そうです。生き霊、分かりますか?」

「ええ、もちろん。生きた人の霊魂のことですよね?」

「そうです」

「……どういうことでしょう?」

「単刀直入に申しましょう。あなに憑《つ》いているのは、亡くなった方ではありません」

「……だから、どういう?」

「考えられる回答は、二つ。一つは、伯母さんは生きているか――」

「いや、それはないです」

「なら、伯母さんとは違う、他の誰かの生き霊でしょう」

「他の誰か……?」

さすがに、もう笑いも出てこない。その代わりに、私は長いため息を吐き出した。

左肩が、やけに重く感じたからだ。

左肩だけ重力が狂ったように、とにかく重い。

「ああ。その生き霊、どんどん大きくなっていますね」

「大きく？」

「左肩、重たくないですか？」

「はい。重いです。……とてつもなく重くて……」

「そのままじっとしていてください」

「は？」

「黙って」

そう言うと、百合子さんはすっくと立ち上がり、忍者のように両手で印を結んだ。と思ったら、

「しゃ！」

と、甲高い声が響き渡る。それから、お経のような呪文《じゅもん》のような、とにかくよく分からない言葉を次々と私の左肩めがけて、吐き出していった。

その様は、いわゆる〝霊能者〟のそれだ。悪霊退散！　とでも言っているのだろうか。

いずれにしても、私は、ただ、無言でじっとしている他、なかった。

なにしろ、肩が重くて、仕方がない。何十キロという荷物を載せているようだ。

「しゃ！」

百合子さんがそう叫ぶたびに、重くなっていくような気がする。

「しゃ！」

ああ、気が遠くなりそうだ。

「しゃ！」

早く、終わってくれないだろうか。

「しゃ！」

早く………。

3

「しゃ！」

あの叫び声が、まだ耳のどこかに、残っている。

私は、自宅に戻っていた。

玄関先に、かれこれ十五分はうずくまっている。

意識が二つに割れて、もうひとりの私が、私の体を縛り付けているようでもあった。

とにかく、身体中が重いのだ。

最初は、左肩だけだったのが、今は、身体中に重りをつけられている感じだ。底なしの海の中、猛スピードで落ちていく気分だ。

そう、私は、ずっと溺《おぼ》れている感覚に悩まされていた。

とにかく、息が苦しい。玄関にようやくたどり着いたのに、それ以上、体が動かない。

百合子さんは、

「とりあえず、生き霊はおっぱらっておきました」

と言っていたが。

「安心はしないでください。生き霊はいつでも、あなたに取り憑いてきます。根本的なものを解決しないことには、生き霊は、ずっとずっと、あなたに取り憑いてきます」

根本的なもの……。

「生き霊の正体を見極めることです。敵が誰なのか分からないうちは、対策も打てません」

確かに、そうだ。

「心当たりは、ありませんか？」

まったく、ない。

「海藻のようにうねった黒い長髪を、真ん中分けにしている人に、心当たりは？」

だから、それは、克子おばちゃん……。

「でも、その方は、亡くなっているんですよね？」

そう。それは、間違いない。亡くなっている——んだろうか？

私は、少し、自信をなくしていた。

確かに、葬式には参列した。骨も食べさせられた。……でも、あれは、本当に克子おばちゃんだったのだろうか？

私は、鉄の棒のように重たい腕を動かすと、カバンの中を探った。

いつもなら、すぐに捜し当てることができるスマートフォン。なかなか見つからない。

……え？　まさか、どこかに忘れてきた？

マジか……。

と、そのとき。着信音。

「え？」

見ると、上着のポケットが、なにやら点滅している。

「あ、そうか。ポケットに入れておいたんだった」

が、やはり腕は重く、ポケットからスマートフォンを引っ張り出すだけで、汗だくになる。

……うん？　お母さん？

ディスプレイには、母の名前が表示されている。

耳に当てると、

「あ、元気？」

母の声が、飛び込んできた。

涙が出そうになる。母と話すのは、かれこれ三ヶ月ぶりだろうか。

どういうわけだろう。母の声を聞いたら、少し、力が蘇《よみがえ》った。

私は、よろよろと立ち上がると、まずは靴を脱いだ。

「うん。一応、元気」

まったくの嘘《うそ》だったが、ここで本当のことを言ったところで、どうにもならない。

それに、本当に、元気になりつつあった。スマートフォンを耳に当てたまま、私は部屋に上がる。そして、照明をひとつひとつ点《つ》けながら、

「お母さんは？　元気なの？」

「うん、私は、元気」

「で、なに？　なにか用事？」

「心配だったのよ。だって、ほら、変な風邪が流行《はや》っているじゃない」

「……変な風邪？」

「そう。……ほら、洋食屋のヤマモトさん、覚えているでしょう？」

「ああ、うん。小学校の頃、同級生だった」

「そのヤマモトさんちのおじいちゃんがね、風邪で亡くなったのよ」

「ヤマモトさんちのじいさんなら、今、百歳近いでしょう？　寿命だったのかもね」

「とはいえ、めちゃくちゃピンピンしていたのよ。ところが、先週末、突然発熱してね。『体が重い……海に沈んでいるようだ……』と言いながら、気を失ったんだって。そして、そのまま亡くなったの」

体が重い？　海に沈んでいる？　まさに、今の私のことだ。

母の声を聞いて少しばかりリカバリーしたが、万全ではない。私は、上着もそのままに、ソファーに体を預けた。

「ヤマモトさんちのじいさん、亡くなったんだ……。へー。あのエロじじぃが」

そう、あれは確か、ヤマモトさんの家で同級生何人かと勉強会をしていたときだった。じいさんが素っ裸で部屋に入ってきた。あるときなんか、子供の前でストリッパーの真似をしたり。あるときなんか、小学生の女子のスカートをめくったり。今だったら、立派なセクハラ……いや、痴漢行為だ。

とにかく、変なじいさんだった。苦手だった。

だから、亡くなったと聞いても「ふーん」という感じだ。というか、感情に、なにか膜がかかっている。喜怒哀楽というものが、よく分からなくなっている。だからなのか、

「あはははははは」

と、私は、笑い出してしまった。

「どうしたの？」

「……ううん、なんでもない」

今度は、涙が出てきた。と、思ったら、今度はくしゃみ。もう、めちゃくちゃだ。

「でね。ヤマモトさんちのおじいちゃんだけじゃないのよ。私がお世話になっている接骨院の先生も、『体が重い……』って病院に行ったら――」

「……体が重い？」

「そう。ヤマモトさんちのおじいちゃんと同じなの。体が重い……全身に重りをつけられているようだ……って」

「で、その人、どうなったの？」

「亡くなった。先週のことよ」

「死んだ……」

今度は、全身が震えてきた。まるで、氷水に入ったかのようだ。が、母の話は続く。

「他にも、同じような症状で、病院にかかる人が多いのよ。うちの近所だけじゃなくて、変な風

邪が流行っているって、ワイドショーでも言ってた」

「……変な風邪」

「あんたは、大丈夫なの？　なんか、声がずっと変だけど」

「うん、……大丈夫」

言ってはみたが、全然、大丈夫ではない。いったんリカバリーした体力が、急速に奪われていく感じだ。スマートフォンを持っているだけで全身の力が失われていくようだ。

すでに、手には感覚がなかった。スマートフォンが、するすると離れていく。幸い、それは、膝の上で止まった。全身の力を振り絞り、［スピーカー］のボタンを押すと、

「本当に、大丈夫？」

母の声が、部屋中に木霊《こだま》する。

「……うん。大丈夫だって」

まったくの嘘だ。声を出すだけで、この世の終わりのような倦怠感《けんたい》。

「……昔も、こんな感じで変な風邪が流行ったことがあるのよ」

でも、母の話は終わらない。

「……あんたが、生まれる前のことよ。アジア風邪っていってね、……たくさんの人が亡くなったのよ。世界中で大流行りしてね、で、マキちゃんもその風邪に感染してしまって――」

マキちゃん？　克子おばちゃんの娘？　私のいとこのマキちゃん？

「あのときは、本当にかわいそうだった。……家族で温泉旅行に行って、そのあと、発熱が続いて。……たぶん、旅行先でもらってきたんでしょうね。でも、発症したのはマキちゃんだけで。

……本当に、かわいそうだったのよ」

どういうこと？

「……その地域では、マキちゃんが最初だったのよ、発症したのが。だから、近所の人に、警戒されて。……まあ、昔でいえば、村八分的なことが起きてね」

……村八分。

「あなたも、覚えているでしょう？　克子姉さん家族が住んでいた地域」

もちろん、覚えている。実家から電車で三十分。今では、ベッドタウンとして再開発され、おしゃれな名前がついているが、当時は、〝村〟だった。牧歌的といえば聞こえがいいが、昔ながらの因習と人間関係が根強く残る、いわゆる閉鎖的な〝村〟だった。

「そう、村中の全員が、血縁みたいな感じで。プライバシーなんかあったもんじゃなかった。個人に届けられた手紙を、隣の人が開封する……なんて、ざらにあったもの。だから、私、そんな村にお嫁に行っちゃダメって、反対したのよ。でも、克子姉さんは、そのときすでにマキちゃんを身ごもっていて。父《てて》なし子にするわけにはいかないって、みんなの反対を押し切って、お嫁に行ったの。お嫁に行ったあとも、苦労してね。だって、お姑《しゅうとめ》さんとお舅《しゅうと》さん、小姑《こじゅうと》までいてね……」

お姑さん？　お舅さん？　小姑？　そうだっけ？　記憶にない。

「あなたが生まれる頃には、村のはずれに新しくできた団地に引っ越していたから、克子姉さん夫婦。……まあ、あんなことがあったから、仕方ないんだけど」

あんなこと？

「だから、マキちゃんよ。マキちゃんが、アジア風邪にかかって、ひどい迫害を受けたのよ、村の人たちに。村から出て行けって、はっきり言う人もいて」

それで、団地に……。

「そう。それでも、村人の攻撃は止まらなかったらしいの。遠回しに、いろんな嫌がらせをされたみたいよ。病気が治って学校に通いだしても、とことん無視されたらしい。児童だけじゃなくて、先生からもね。……かわいそうに、それまでは、学校の人気者で、学級委員長までやっていたのに。風邪にかかったばかりに。克子姉さんまでおかしくなって。今でいう、うつ病ってやつよ。入院を余儀なくされたの。だから、マキちゃん……」

死んだ？

「養子に出されたのよ」

え？

「うちの遠い親戚《しんせき》に、南米に移住した人がいてね、その人には子供がいなくて、それで、マキちゃん、もらわれていったの」

……養子？　じゃ、マキちゃんは……。

「今も、生きているわよ。死んでない」

うそ。てっきり、死んだとばかり……。克子おばちゃんも、「マキは死んだ」って。

「死んだことにしたかったんでしょう。自分の罪悪感を紛らすために」

罪悪感。

「克子姉さん、ずっと後悔していたもの。私は、マキを捨てた。ひどい親だって」

私の倦怠感は、もう我慢ができないところまで来ていた。

が、作家としての好奇心は、それを上回った。

「じゃ、マキちゃんは、生きているんだね？」

私は、声を絞り出した。が、ほとんど、声になっていない。

「ちょっと、あんた。本当に大丈夫？　声がかすかすじゃない。本当は、具合、悪いんじゃない？」

そんなことは、どうでもいい。マキちゃんは生きているんだね？

「生きているわよ。……ちょっと前に、絵葉書が来たから」

絵葉書？

「そう。私もびっくりしちゃった。突然、絵葉書が来て。……ああ、そういえば。なんか変なことが書かれていたような」

変なこと？

「えっと、あの絵葉書はどこにやったかしらね……。ちょっと、待ってて。確か、ここに。……ああ、あった、あった。これだ、これ。えっと……。『小説、読みました』……って。たぶん、あんたのことね。あんたの小説を読んだってことだと思う」

マキちゃんが、私の小説を？

「それと。……『これも、なにかの縁ですね』とも書いてあるのよ。……どういうことかしら？　あんた、分かる？」

なにかの、縁？

どういうことだろう？

が、言葉にはならなかった。呼吸が、ひどく、苦しい。

体が、重い。……呼吸ができない。

「ね、本当に、大丈夫？」

母の声が、どんどん遠のく。

全然、大丈夫じゃない。救急車。救急車を呼ばなくては。

……息が、息ができない。

……体が、火の玉のようだ。

……頭が、粉々に割れそうだな。

私は、母の声を断ち切るように、一方的に電話を切った。

そして、改めて、１１９と押そうとしたその瞬間。私は、意識を手放した。

＋

「ぽぽぽぽーん」

メール受信を知らせる着信音が、不気味に鳴り響く。

私は、ソファーから、そろそろと体を起こした。

えっと。どうしたんだっけ？

記憶が混乱している。

私は、慌てて、記憶のピースを拾い集めた。

えっと。……国分寺の霊能者のところに行って、生き霊に取り憑かれていると言われて、体が重くて、家に戻っても体が重くて、お母さんから電話がかかってきて、マキちゃんは生きてて、やっぱり体が重くて、どうしようもなく息苦しくなって、そのあとは――

どうやら、気を失っていたようだ。

でも、もう息苦しさはない。体もなんとか動く。

ただ、体はかっかする。

喉《のど》も焼けるようだ。

あれ、そういえば。

さっき、メールの着信音が鳴っていなかったか？

見ると、デスクの上のパソコンが、煌々《こうこう》と輝いている。

ああ。そういえば、原稿の途中だった。原稿を書いている途中で、国分寺に行くことを思い出して――

原稿の途中？

あ、しまった。「フシギ」小説の最終話、締め切りは……今日じゃないか！

もしかして、催促のメールか？

私は、蛙《かえる》のように、ソファーからデスクに飛び移った。

メールの受信箱には、『尾上まひる』の表示。

尾上まひる?!

冷水を浴びるとは、まさにこのことだ。それまでの火の玉のような体が嘘のように、冷え冷えと凍りつく。

私は、ほとんど石のように固まった指の先に力を集中させ、マウスを握りしめた。


お世話になります。

ヨドバシ書店の尾上です。

先生、分かりました。……というか、思い出しました!

三人目の女の正体が! とんでもない正体が!

……あ、ごめんなさい、看護師さんの足音が聞こえてきました。メールをしているところを見つかったら、また、怒られてしまいます。

また、メールしますね。

尾上まひる拝

追伸
三人目の女が、先生のところに現れませんように。

また、このメールだ。

もう、勘弁してほしい……!

サーバーの故障でメールが遅れて届いていると言われたが、いくらなんでも、おかしい。こう何度も何度も、届くなんて。

しかも、死人から。

そう。尾上まひるは、死んだ！

そう。間違いなく、死んだ！

なのに、なんで、こうやって今も、あの女のメールが届くんだ？

なんで？


「ぽぽぽぽーん」

例の着信音が、また、鳴り響く。


先生。残念でしたね。……どうやら、三人目の女、先生のところにも現れてしまったようです。

体が、重くないですか？　海に沈み込んだように、息が苦しくないですか？

それは、三人目の女の仕業です。

海藻のようにうねった黒い長髪を、真ん中分けにした、女です。

先生、心当たりありませんか？

ない。そんな女には、心当たりない！

百合子さんは、それは生き霊だと言っていたけれど、そんな人にはまったく、心当たりはない！

あ、それとも。

もしかして、克子おばちゃん、やっぱり、生きているんじゃないだろうか？

そして、私のことを恨んで、取り憑いているんじゃないか？

なんで恨まれているのかは分からないけど。

あ。あれか？

私が、「マキちゃん、嫌い」って、あのフランス人形を拒否したから？

あ。……なんか、だんだん、思い出してきた。

克子おばちゃんに平手打ちをくらった日。なんだか悔しくて、克子おばちゃんの目を盗んで、フランス人形のドレスに、マジックで落書きした。『バカ』って。

そうだ。それ以来、克子おばちゃんとは会っていない。

だって、絶対、怒っている。間違いなく、怒っている。だから……。

ああ、お母さんに確認しなくちゃ。

克子おばちゃん、本当は、まだ生きているんじゃない？

マキちゃんが生きていたように、今もどこかで生きているんじゃない？

スマートフォン、スマートフォンはどこだ？


「ぽぽぽぽーん」

またた。また、尾上まひるからメールが来た！　マジで、勘弁してくれ！　いったい、なんだっていうんだ！

先生。
私、思い出したんです。
例のマンションMでのこと。
私、あの窓から誤って転落したことになっていますが、違います。
突き落とされたんです。
そう。私、突き落とされたんです。

…………。

先生。本当に、心当たりありませんか？
先生。そこに鏡はないですか？
あったら、見てください。
その鏡に映った人物を、見てください。

鏡？

ある。デスクの横に、姿見が。

私は、恐る恐る、視線をそちらに向けた。

浮かび上がる、その顔。

海藻のようにうねった黒い長髪を、真ん中分けにした、女。

ひっ！　私は、思わず手で目を覆った。

……落ち着け、落ち着け。こんなの幻覚だ。体調が悪いせいで、こんなものを見てしまうんだ。

……いや、でも、ちょっと待って。……あの顔、どこかで見たことがある。間違いなく、知っている人だ。そのくせ毛。でも、先っちょは、まっすぐだ。まるで、そこだけ縮毛矯正したような。

……え？　まさか……。


尾上……まひる？


そうです。私です。三番目の女は、私だったんです。……最初は自分だと気がつきませんでした。だって、あんなに高いお金を出して縮毛矯正したのに、すっかり元のくせ毛に戻っていましたから。……でも、私だったんです。私の魂が肉体から抜けて、ベッドに横たわる私を眺めていたんです。……いわゆる生き霊です。もしかしたら、私の〝犬神〟は、私自身だったのかもしれない。そう悟った瞬間、私は、私の生き霊に命令していました。先生のところに行って……って。

そう、つまり、先生に取り憑いていたのは、私だったんです。

なんで……？

そんなの、先生が一番、ご存じじゃないですか。

………。

先生、あのとき、マンションMのあの部屋に、私と一緒に行ったじゃないですか。もちろん、覚えてますよね？

………。

私がマンションMに一人で取材に行くって言ったら、先生も行くって。……だから、一緒にあの部屋に行きましたよね？

………。

部屋に入って、しばらくした頃です。

先生、いきなり、私に襲いかかってきましたよね？

……………。

先生に襲われそうになった私は、逃げました。そしたら、先生は追いかけてきて。窓まで追い詰めてきて。
それでも抗《あらが》う私を……先生は突き落としたんです。

違う。あれは、ちょっとしたはずみで……。事故なんだ、事故……！
だって、まさか、窓にひびが入っているなんて思ってもいなかった。
まさか、あんなに簡単に割れるなんて、思ってもいなかった。
だから……。

でも、結局、先生が突き落としたんです。そうですよね？

違う、あれは、あれは……。
あれは……。

認めてください。先生が、私を突き落としたんですよね？

そうだよ！　……私が、突き落とした。

だって、君は、私の思いに応《こた》えてくれなかった。

だから……。

でも、故意ではない。何度も言うが、あれは、はずみだ。事故だ！


ああ。そんなことより。

体中が重い。

呼吸ができない。

海に沈められたかのようだ。

どんどん、体が沈んでいく。肺にどんどん水が溜《た》まっていく。

ああ。助けてくれ。

息が、息が、息が、息が…………。

4

二〇一九年、十二月のある日のこと。

黒田佳子が、ヨドバシ書店の佐野部長に声をかけられたのは、西新宿の高層ビル内にある書店の入り口だった。

担当した書籍の売り上げがどんなものか偵察に来たのだが、佐野部長もまた、同じ理由らしかった。

バツが悪い。なにしろ、ヨドバシ書店を辞めた身だ。

佳子は、黒縁メガネのブリッジを、意味もなく上下に動かしながら、

「お久しぶりです……」と、小さく応えた。

「どう？　元気でやってる？」

「あ、はい。……おかげさまで」

「なんかあったら、いつでも戻っておいで」

「あ、はい。……ありがとうございます」

「……ああ、そういえば。小谷《こたに》先生、担当してたんだろう？」

「あ、……はい」

「残念だったね。……まだ五十代だろう？　まだまだ若いのに」

小谷光太郎《こうたろう》。中堅のミステリー作家だ。先月、江戸川橋にある老舗《しにせ》高級ホテルでランチをしたのが最後となった。その一週間後、小谷光太郎は、死んだ。

「面白い小説、書いていたのにな……。色々問題はあったけど」

そう。小谷光太郎は、文壇でも有名な、〝エロおやじ〟だった。何人もの女性編集者がセクハラにあっている。自分も、いやらしい目で見つめられた。……ああ、いやだいやだ。思い出すだけで、鳥肌が立つ。

「小谷先生、自宅で、発見されたんだろう？」

「はい。電話での様子がおかしかったので、お母様が小谷先生のお宅に行ったらしいんです。そ

したら、すでに……」

「そうか……」佐野部長は、しみじみと腕を組んだ。「本当に残念だな。『週刊トドロキ』に連載している『フシギ』小説、楽しみにしていたんだよ。あれ、面白かったのにな。……心不全だって？」

「え……まあ……」

そういうことになっているが、たぶん、例の風邪なんではないかと佳子は疑っている。

というのも、F社で、謎の風邪が流行っている。同僚の里見、そして鈴木局長が、その風邪で入院した。そして、自分も体調を崩し、昨日まで自宅で療養していた。

たぶん、小谷先生も、その謎の風邪に感染してしまったのではないだろうか。なにしろ、先生は、里見と自分の嘔吐《おうと》物を浴びてしまった。

が、これはF社の極秘事項なので、おいそれと外に漏らしてはならない。だから、小谷先生も〝心不全〟ということにしておかないと。

「そういえば、柿村孝俊先生も、この十月、若いのに突然亡くなったんだよな……。やっぱり、心不全で」

たぶん、それも、謎の風邪のせいだろう。柿村先生は、里見が担当していた。そして、次は私が担当する予定で、十月のはじめ、柿村先生と食事をした。

そうなのだ。F社で流行っている謎の風邪は、社内だけでなく、作家や取引先にも感染が広がっている。インフルエンザの検査をしても陰性。まさに、謎の風邪なのだ。

……感染源は、なんとなく見当がついている。

それは、自分だ。

ヨドバシ書店を辞めて、F社に転職が決まったとき、たまっていた有給休暇を使って、生まれ故郷の南米に帰省した。そのとき、現地では謎の風邪が流行っていて……。

佳子は、二の腕をさすった。このことは、絶対、人に言ってはいけない。墓場まで持って行こうと決めている。

「そういえば。尾上まひるのこと、覚えている？」

佐野部長が、いきなり話題を変えた。

「え？　尾上さんですか？　もちろん」

「尾上さんも、亡くなったんだよ、先週。……小谷先生が亡くなった翌日に」

「え？　先週？　……え、でも。尾上さん、もっと前に亡くなったんでは？　……確か、今年の五月に」

「いや、僕もそう思っていたんだけど。……どうやら、植物状態で、ずっと生かされていたらしい」

「植物状態？」

「うん。そんな状態であることを、ご家族はずっと隠していたようなんだ。尾上さんは、旧家の出身だから、体裁を気にしてのことだろうとは思うんだけど。それにしても、残酷な話だ。生きているのに、死んだことにされるなんて」

「……そうですね」佳子は、再び二の腕をさすった。

「葬式も出さないから、おかしいと思っていたんだよ」

「はい。確かに、私もちょっと違和感を覚えていました……」

「それにしても。尾上さん、なんで、窓から転落したんだろうな？」

「え？」

「僕は、誰かに突き落とされたんじゃないかと思っているんだけど」

「どういうことですか？」

「尾上さん、あのマンションの部屋には一人で取材に行った……ということになっているけど、同行者がいたんじゃないかって。そういう目撃情報もあるようなんだよ」

「同行者って、誰ですか？」

「さあ。それは分からない」そう言うと、佐野さんは、肩を竦《すく》めた。が、声を潜めると、「でも、もしかしたら――」

と、そのとき。佐野さんの視線が、どこか遠くに飛んだ。その視線を追いかけると、見覚えのある書店員さんが、手を振りながら、こちらにやってくる。

佐野部長が、手を振り返した。

「あ、ごめん。長々と引き止めて。……じゃ、元気でな」

そして、書店員さんに駆け寄る佐野部長。佳子は、一人、取り残された。

＋

佳子の携帯電話に、南米に住む母から電話があったのは、その夜のことだった。

「聞いたわ。小谷光太郎、亡くなったのね」

そういえば、母の書斎に、小谷光太郎の本がずらりと並んでいたっけ。思えば、それがきっかけで、私も小谷光太郎に興味を持った。そしてファンにもなった。だから、日本の出版社に就職したのだ。でも、実際に会ったら、ただのエロおやじ。がっかりだった。でも、母にはこのことを黙っておこう。ファンの夢を壊してはならない。

「違うわよ。ファンじゃない。むしろ、ミステリー小説は苦手よ」

「え？　じゃ、なんで？　小谷光太郎の本を集めてたの？」

「光太郎くんは、私のいとこなの」

「は？」

「言ってなかった？　私、小さい頃、養子に貰《もら》われて、南米に来たのよ」

「うん、それは知っている。日本に住みづらくなって、母方の親戚の養子になったたって」

「私の実母、つまりあなたにとってはおばあちゃんの甥《おい》っ子が、光太郎くんなの」

「え、そうなの？」

「あなたが、光太郎くんの担当になったと聞いて、わー、凄《すご》いって。〝縁〟ってあるんだな……って」

佳子は、なんともいえない気分に陥っていた。

小谷光太郎は、私にとって、……いとこおじになるのか？

そんな親戚を、死に追いやった一因は、自分にあるかもしれない。そう思うと、苦いものが、胃から逆流するようだった。

が、佳子は、その苦いものをそっと、押し戻した。

「本当に、フシギな縁ね」

母が、ため息交じりに、言った。

だから、佳子も、

「ほんと、フシギだね」

と、ため息交じりに、返した。

【参考文献・サイト】

・村上文崇『中国最凶の呪い 蠱毒』（彩図社）

・ウィキペディア
https://ja.wikipedia.org

・YOMIURI ONLINE 木嶋被告二つの顔、偽肩書で「婚活」…連続不審死
https://web.archive.org/web/20100204190059/http://www.yomiuri.co.jp/national/news/20100201-oyt1t00561.htm

・ニュースの現場へ 首都圏連続不審死事件の現場
https://streetviewsansakunew.seesaa.net/article/465084038.html

・鉄道人身事故データベース
https://jinshinjiko.com

・マジでヤバい！ 都市伝説
http://toshidense2.com/

真梨幸子（まり　ゆきこ）
1964年宮崎県生まれ。多摩芸術学園映画科卒業。2005年、『孤虫症』で第32回メフィスト賞を受賞しデビュー。11年、文庫化された『殺人鬼フジコの衝動』が口コミで広まり、累計60万部を突破するベストセラーになる。他の著書に、『お引っ越し』『ツキマトウ』『坂の上の赤い屋根』『縄紋』『聖女か悪女』などがある。

本作品は「小説 野性時代」2019年６月号、８月号、10月号、12月号、2020年２月号、４月号、６月号に掲載したものです。なお、単行本化にあたって、大幅に加筆修正しました。

フシギ

2021年１月22日　初版発行

著者／真梨幸子《まりゆきこ》

発行者／堀内大示

発行／株式会社KADOKAWA
〒102-8177　東京都千代田区富士見2-13-3
電話　0570-002-301（ナビダイヤル）

印刷所／大日本印刷株式会社

製本所／本間製本株式会社

ISBN 978-4-04-109983-4　C0093